최선의
사랑

최선의
사랑

정예인 지음

글항아리

　　이 책은 아마도 많은 사람을 불편하게 만들 것이다. 나는 사람들이 느낄 그 불쾌감을 막을 수도, 이런 글을 쓸 수밖에 없는 나를 막을 수도 없다. 사실 막을 수만 있다면 조금이라도 막고 싶다. 또한 동시에 그러고 싶지 않다.

　　왜 굳이 그렇게까지 하느냐는 말에 자주 맞닥뜨린다. 질문의 형태를 가장한 우려 혹은 타박에 '굳이' 책이라는 형태로 길게 답하고 나면 조금은 모든 게 쉬워질까? 출간 제안을 받자마자 토해내듯 쓰고 싶은 마음이었지만, 그날 저녁에도 내가 기획한 행사를 진행해야 했다. 와중에 애인과 일견 위태로웠던 관계를 안정화하는 작업에 온 에너지를 쓰느라 실은 반쯤 정신이 나가 있었다(나의 사회적 표정과 내적으로 치르는 전쟁 중의 얼굴은 태양과 태양계에서 퇴출당한 명왕성만큼 동떨어져 있다). 이후엔 외주 노동자로서 마감 두 개를 무리해서 해내느라 피폐했다. 어느 정도 일들이 일단락된 후 겨우 짬을 내어 2023년 3월 27일, 당일치기로 강릉 여행 비슷한 걸 했고, 서울로 돌아오는 KTX 안에서 프롤로그를 쓰기 시작한다(본격적으로 집필을 시작하기까지는 그로부터 또 넉 달이 걸렸고 '진짜로' 시작하기까지는 두 달 더 걸렸다).

　　나는 세 시간 전에도 갑작스러운 자살 사고에 시달렸다. 갑작스럽다고는 하지만 2022년 11월부터 지속해서 벌어지고 있는 일이므로 갑작스러운 것만은 아니다. 정신건강의학과를 주기적으로 방문하고 심리 상담도 꾸준히 받은 지 5년은 됐다. 그러나 이번에는 '아, 사는 거 존나 힘들다' 정도의 기분 같은 게 아니었으므로 심상치 않았다. 그야말로 내가 언제 죽어버릴지 자신할 수 없기에 나는 일단 이 이상한 삶에 대해 남겨두어야겠다고 생각했다. 어쩌면 살아갈 수도 있을 것 같다는 희망 회로까지 돌았기에 (그런데 이게 희망이 맞나? 어쨌든) 쓰기로 다짐하며 나의 심리 상담사에게 "그러면 덜 외로워질지도 몰라요"라고 말했더니, 그는 얄짤 없이 "더 외로워질 수도 있어요"라고 답했다. 나는 그 말이 이상하게도 꽤 마음에 들었고, 그럼에도 써야겠다고 혹은 그렇기 때문에 써야겠다고 생각했다. 외로워서 죽어버리자. 그렇게 해서라도 살아버리자.

　　　편집자로 일해오면서 늘 독자를 고려하며 책을 기획하고 편집해왔지만 작가로서의 나는 독자를 고려하며 쓸 수는 없을 것 같다. 독자를 고려하면 나는 아무것도 쓸 수 없다. 그렇지만 나의 고려 밖에도 독자는 있을 것이다. 독자는 어디에나 있으며 때때로 작가도 편집자도 생각지 못한 곳에 있다. 나 살겠다고 마구 갈겨 쓴 이 글을 품고 나는 당신에게로 확 점프해서 다가가 들이대고 싶다(당신은 누구일까? 이 책을 쓰면서, 외로이 시끄럽게 주절대는 1호선 광인으로부터 이제 그만 입을 다물고 당신의 이야기를 청하는 사람이 되기를 스스로에게 바라고 있다). 설사 내가 더 외로워질지라도, 누군가는 덜 외로워질지도 모른다. 분명 많은 사람이 돌을 던지거나 도망갈 것이다. 그보다 더 많은 사람은 아예 관심조차 주지 않을 것이다.

　　삶은 결코 예상대로 흘러가지 않기 때문에 앞의 말들은 결국 다 틀렸음이 판명 날 것이다.

2024년 5월

진단

2007년 처음 연애한 남자와 2015년 결혼했다.

2020년 그와 오픈릴레이션십^{open relationship}○에 대해

진지하게 이야기했다.

그해 여름, 나에게 여자친구가 생겼고

2년 반 동안 안정적인 폴리아모리^{polyamory}○○ 관계를

유지했다.

2023년 우연히 서정을 만난 첫날 사랑에 빠졌다.

이로 인한 관계의 역동 끝에

큰 변화를 선택하거나 받아들여야 했다.

지금은 고양이 연지,

그리고 난데없이 내게 나타났던 서정과

한집에서 삼총사 공동체로 살아간다.

8년간의 연애에 이어 8년의 결혼생활을 함께한 진영,

그리고 나에게 오직 애정만 쏟아부어준

전 여자친구 한이와는 더 이상 로맨틱·섹슈얼 관계도

하우스 메이트도 아니지만

그렇다고 관계를 완전히 단절하지는 않았다.

11

○ 오픈릴레이션십은 1970년대부터 인식된 개념이다. 두 사람이 성적·낭만적으로 친밀한 관계를 맺을 때 배타적으로 서로를 독점하는 전통적인 일대일 관계와 달리, 한 명 이상의 당사자가 관계 외부의 사람과 성적·낭만적으로 연결될 가능성을 열어두기로 합의한 관계를 뜻한다.

∞ 폴리아모리는 모든 파트너의 동의를 바탕으로 한 번에 둘 이상의 사람과 친밀한 관계를 맺는 욕구 또는 수행을 뜻한다. 오픈릴레이션십과 비슷하게 쓰이지만 동의어는 아니다. 폴리아모리는 다양한 형태의 비-일부일처제, 비독점, 비배타적인 성적·낭만적 관계를 가리키는 포괄적인 용어로 쓰인다. 세간의 오해와 달리 폴리아모리는 기본적으로 사랑, 친밀감, 충실함, 정직, 신뢰, 평등, 소통 등의 가치를 주요하게 여기고 적극적으로 다룬다. 순전히 성적인 관계가 아니라 더 포괄적인 사랑의 방식이라는 점에서 다른 형태의 비독점, 비배타적 관계와 구별된다

1
날카로운 칼날

鋭刃

15

갑작스럽게, 예상치 못한 방향으로 진영과 나 사이의 갈등이 폭발해 이혼 이슈가 심각하게 대두된 밤. 이를 SOS 상황으로 판단한 친구 유민과 지현이 바로 다음 날 당장 우리 동네로 와주었다. 다른 일정이 있어 오늘 못 볼 예정이었던 서정도 짬을 내어 그 자리에 들렀다. 우리 둘이 종종 가던 카페였다. 매일 같은 플레이리스트가 흘러나오는, 적막하지도 소란스럽지도 않은 단정한 곳. 익숙한 장소에 친밀한 사람들과 모였으니 편안해야 하는데 구성원의 조합이 낯설어서 그런지 상황이 상황이라 그런지 분위기가 어딘가 이상하게 느껴졌다. 20년 지기 친구들 그리고 사귄 지 갓 두 달 남짓한 나의 새 연인이 계획에 없이 만나게 된 셈이니 모두에게 쉽지 않은 자리였을 것이다. 그 와중에도 어색하지 않은 척하며 친구들 앞에서 마치 이 사태가 별것 아니라는 듯 습관성 너스레를 떠는 나에게 서정이 말했다. 나긋하지만 단호하게, 나에게만 들리도록. "애쓰지 마."

집을 나와 집을 꾸렸다. 지금이 몇 번째 집인지 세어보자. 부모로부터 물리적으로 독립하고 난 후로부터만 셈하도록 한다. 기숙사, 하숙집, 반지하 원룸 자취방, 그리고 결혼 후 신혼집 두 군데(이 두 집은 신혼부부 전세대출이 가능했기에 '신혼집'이라고 불릴 자격이 있다) 그리고 은행에서 신혼부부로 인정해주는 기간(혼인 신고 후 7년)이 지나 대출 이자가 오른 세 번째 집을 마지막으로 나는 다시 혼자가 되었다. 아니지. 내명의로 은행에서 보증금을 대출한 반 전셋집에서 새로운 사람과 또다시 가정 비슷한 공동체를 만들었다. 통장에서 꼬박꼬박 대출 이자가 나가는 걸 보고 있자니, 어른에도 등급이 있다면 한 단계 업그레이드한 기분이다. 여기서 더 어른이 되는 일은 없었으면 좋겠다. 그럴 리가 없겠지만…….

　　　이 상황을 두고 나는 '환승 연애도 아니고 환승 결혼'이라며 자조 섞인 농담을 한다(여기까지 오는 여정에서 나는 웃기보다는 몇 번 화를 냈고 자주 울었고 매일 두려움에 떨고 괴로워하며 웅크렸지만). 일단 이렇게 말하면 친구들이 웃어준다. 그러면 조금 안심이 된다. 남들이 웃어주면 제법 괜찮게 지내고 있는 것만 같은 기분이 든다.

　　　사랑하고 신뢰하는 편집자가 나에게 책을 내자고 제안하면서 소피 칼의 저서 『시린 아픔』『진실된 이야기』 두 권을 언급했다. 계약서를 쓴 지 5개월 차에 접어들자 이젠 정말 뭐라도 해야 할 것 같았다. 우선 그 두 책을 읽어보려고 찾아보니 국내 출간본은 절판되었고 중고로 구하려면 개인 판매자에게 꽤 비싸게 사야 했으며 하필 내가 이사 온 지역구의 도서관에는 두 권 다 없었다. 믿는 구석인 X(구 '트위터')에 혹시 그 책들을 소장하는 사람이 있는지 묻는 게시글을 올렸는데, 친구 지운이 그 글을 보고는 나에게 아무 말도 없이 본인 지역구의 도서관에서 두 책을 다 빌린 다음 우리 집까지 갖다줬다.

지운은 나와 비슷한 시기에 회사를 그만두고 자신만의 일을 준비하고 있다. 나 역시 이제부터는 조직에 속하지 않은 삶을 살겠다며 '인디펜던트 워커'랍시고 허둥대고 있는데, 하는 일은 잡다하게 많고 실속은 없다. 경제적인 부분에서 다소 대책 없이 사는 나와 달리 '언제나 장기적으로 다 계획이 있고 필요한 자원도 차근차근 준비하는' 지운은 이미 나를 첫 번째 직원으로 생각해주고 있다. 언젠가 지운이 본인이 곧 공간을 열 계획이니 조금만 기다리라고, 월급은 걱정하지 말라고 농담처럼 말했을 때 어이가 없어 웃었지만 내심 기뻤다.

한번은 집에 발신인을 알 수 없는 택배가 왔다. 안에 든 것은 그리스산 엑스트라 버진 올리브 오일과 발사믹 식초 세트였는데, 개중에서도 끝내주게 좋은 등급이었다. 근데 이거 어디서 봤더라? 이태원에서 지운을 만난 적이 있었지. 같이 간 레스토랑에서 식전 빵에 곁들여 내준 올리브 오일과 발사믹 식초의 조합이 그간 먹어본 것과 다르게 충격적으로 신선하고 향긋해서 거의 비명을 지르며 사장님께 물어봤는데. 지운이 그 제품을 기억해뒀다가 나에게 '직원 복지'라며 추석 선물로 보내준 것이었다. 친구야, 아니, 대표님…… 저는 아직 아무 업무도 한 적이 없는데요. 하여간 이 정도로 세심하고 나에게 자비를 많이 베풀어주는 인물이라 책을 구해다 준 선행이 그렇게 납득 못 할 일은 아니었다.

친구 지운 덕분에 쉽게 손에 넣은 소피 칼의 책을 읽고서 글쓰기를 시작할 수 있게 되었다(그런데 과연 이 글들은 책이 될 수 있을까? 매일 분초 단위로 불안에 떨고 있다). 소피 칼은 사는 내내 사랑의 정열을 꺼뜨린 적이 없는 사람 같다. 본인의 감정과 경험 자체를 냅다 예술로 만들어버리는 능력이 탁월하다. 제멋대로 자기답게 사는 것도 좋지만, 자신의 삶을 곧 실험처럼 여기는 듯한 태도가 특히 마음에 든다. 소피 칼의 책에는 한눈에 들어오는 구조나 친절한 설명은 커녕 딱히 기승전결이랄 것도 없고, 거친 쪽 글이나 마구잡이로 불쑥 등장하는 사진이 많다. 어디까지가 사실이고 허구인지 명백하게 구분할 수 없었다(물론 모두 의도된 것으로 보인다). 이런 종류의 책은 자칫하면 굳이 읽어야 되나 싶은 아무개의 중얼거림처럼 보일 수도 있는데, 책에 저자가 물씬 물들어 있어서 저절로 매혹되었다.

그리고 놀랐다. 그치, 이거면 충분하지. 여자들과 함께하는 글쓰기 모임을 이끌 때, 나는 그들의 부족한 부분을 보완하기보다 각각 튀어나온, 그러니까 자기 자신만 낼 수 있는 목소리를 망설임 없이 더 밀고 나가라고 마구 독려해왔다. 막상 각 잡고 하려니 이렇게까지 어려운 일인 줄도 모르고 잘도 떠들었다(남의 일 또는 남의 글이라고 쉽게 말했던 대가를 지금 치르고 있다). 어차피 내가 쓴 글은 그래봤자 나라는 세계이자 한계에서 쏟아져 나온 것이다. 다만 그 한계와 제약이 만들어낼 고유성을 믿어보기로 한다.

글쓰기를 미룬 데에는 여러 이유가 있다. 일단 책을 만들어만 봤지 써본 적은 없어서 감이 안 잡혔다. 둘은 완전히 다른 작업이었다. 그다음 이유. 나에게 나 자신은 너무 익숙하고 진부하고 지긋지긋하다. 신상과 근황을 여기저기 하도 떠들고 다녔고, (더 나쁘게도) 그때마다 같은 농담을 반복해 사용하기까지 했으므로, 굳이 기록으로 박제하기도 민망했다. 나에게 글로 남길 만한 게 있는지 또한 매우 의심스러웠다. 게다가 직업병인지, 어쩌다 한 문단 정도 쓰고 나면 습관적으로 사족을 다 지우고 자꾸 매끈하게 다듬었다. 그러고 나면 화가 날 정도로 재미없는 글이 덩그러니 남았다. 초고라고 쳐줄 수도 없었다.

　　무엇보다도 이 모든 일이 계속해서 실시간으로 일어나고 있었고, 내게는 시시각각의 삶을 받아 적을 능력이 없었다. 겪고 감당하는 데 온 힘을 썼다. 최근까지 나는 3년 가까이 만난 한이와의 연인관계, 그리고 8년 연애에 이어 또 8년을 지속한 진영과의 결혼생활을 마무리하며 관계의 상실을 적극적으로 경험하고 있었다. 마치 자해처럼. 지금까지 쌓아둔 심리적이고 물질적인 자원들을 다 버리면서, 또다시 안정이 없는 세계로 달려가는 중이었다. 또한 이 모든 일이 '새로운 사랑'과 동시에 일어나고 있었기 때문에 말 그대로 미칠 수밖에 없었다. 미친 여자로 살아온 경력이 꽤 되는데도 쉽지 않았다.

그때는 죽을 것 같았지만 실은 다시 태어나는 중이었다고, 이제 와서 해석해볼까? 이렇게 쓰니 모니터 앞의 내가 픽 소리를 내며 코웃음을 친다. 팔로 콧바람을 느낀 뒤 받아적는다. 이런 중얼거림이 정말로 책이 된 후에는 또 다른 해석을 가미할 수도 있겠지.

23 　　그동안 내 입으로 떠들어온 말들을 기억하며 시작한다. 모든 게 처음이고 계속해서 시작이다(심지어 사랑도 처음인 것만 같다).

한 사람만 보이는 세계

　　원래도 신경증적 진단을 받은 미친 사람이지만, 서정을 만나고부터는 다른 의미로 또 미쳐 있다. 내 이성과 판단력이 제대로 작동하고 있는지 미심쩍다. 극적인 아웃포커스로만 세상을 보고 있다. 웬만한 건 다 블러 처리되어 있어서 세상을 보고 있다고 할 수도 없겠다.

　　오늘도 우리는 서로를 바라보는 데 함께 있는 시간 대부분을 썼다. 아니다, 바라봤다는 표현은 적절하지 않다. 거리감을 줄이고 습기를 더한 말이 필요하다.

　　먹어버릴 듯이 빨아들일 듯이 뚫어버릴 듯이 흡수하려는 듯이 반드시 기억하려는 듯이 몸에 각인

하려는 듯이 하나가 되려는 듯이 미세한 근육의 움직임까지 샅샅이 알아보려는 듯이 눈에서 나는 소리까지 들으려는 듯이 내가 뭘 보고 있는지 잊어버릴 듯이 멸망해가는 세상에 우리만 남겨진 듯이 아니 모두가 행복하게 살고 있는 세상에서 우리만 그렇지 못한 듯이 지금 이 순간 상대가 손에 쥐고 있는 텍스트를 전부 읽어내려는 듯이 불시착한 곳에서 서로를 알아본 듯이 0.1초 단위로 연사를 찍듯이.

보는 행위가 이토록 간절하고 애틋하며 열렬할 수 있다는 걸 참 잘도 표현한 작가주의 영화의 집요한 롱테이크. 그걸 반복 또 반복.

우리가 지나가는 자리마다 서로 죽고 못 사는 여자애 둘 있다고 소문나도 이상할 게 없다. 아무 데서나 손잡고 꼭 붙어 다닐 수 있어서 날아갈 것 같다. 거칠 것 없이 앞도 옆도 제대로 살피지 않고 누비며 걸을 때 정말이지 신이 난다.

갑자기 서정이 나에게 "슬퍼 보이네, 슬퍼요?"

물어서 놀랐다. 질문을 받기 전까지 몰랐는데 듣고 보니 그런 것 같았고, 그래서 아니라고 답했다. 그랬더니 센 척하는 거냐고 물어서 또 당황했다. 그때부터 센 척을 덜할 수 있었다. 본인 입으로는 눈치 없다더니, 무서운 애다. 이런 애가 곁에 있는 건 나에게 좋은 일이다. 실은 내내 나를 잘 읽어줄 사람을 갈망했는데 (얼마간 비용을 내자 상담 선생님이 그 역할을 해주었다) 이 정도까지 바란 적은 없었다. 거의 경악스러울 정도다. 행간뿐 아니라 자간과 장평을 조절한 의도까지 아무렇지도 않게 모조리 읽어내는 사람 앞에서 나는 매일 기절초풍한다.

　　서정이는 살아 있길 잘했다고 말했지만, 나는 이제 여한이 없다고 생각했다.

　　'유난'이라는 말은 보통 은근히 타박하거나 비꼬는 상황에서 쓰이곤 하지만, 사전의 뜻풀이를 보면 딱히 가치 판단이 들어간 단어는 아니다. "언행이나 상태가 보통과 아주 다르다. 또는 언행이 두드러지게 남과 달라 예측할 수 없는 데가 있다." 지금 내 상태를 설명하기에 제격인 단어이므로 나는 적극적으로 이 말을 갖기로 한다. 그간 섹슈얼·로맨틱 끌림을 여간해서 못 느끼는 나였기에, 늘 관심 밖이었던 '사랑' 같은 단어도 피할 생각이 없다. 유난스럽게 사랑하고 있다.

어쩔 수 없이 각주가 가장 많은 글

한 명의 파트너에게 집중하게 되면서 가장 많
이 들은 말이 있다. "그럼 너 이제 폴리아모리스트 아니
야?" 알 만한 사람들도, 나를 오래 지켜본 친구들도, 그
들이 페미니스트이거나 심지어 퀴어 당사자여도, 이
부분을 헷갈리거나 궁금해했다.

결론부터 말하겠습니다. 일단 앞일은 알 수 없
고요, 만일 제가 남은 평생 한 사람과 '로맨틱한 관계'를
유지한다고 해도 스스로를 폴리아모리스트로 여긴다
면…… 당연히 폴리아모리스트입니다. 땅땅! (좀 더 엄
밀히 말하자면 폴리아모리 관계를 수행하지 않아도 '논
모노가미non-monogamy'○일 수 있습니다.)

설명하는 삶에 지쳐버렸다. 지쳤다는 건 결국 오랫동안 끈질기게 시도하고 노력해왔다는 뜻이다. 믿음과 우정과 사랑과 인류애 그리고 그 비슷하게 좋은 것을 다 그러모아서 사람들에게 '다른 모양의 삶'이 있음을 알리고 납득시켜보려고 한참 애를 써봤는데 '이해시키는' 데에는 전부 실패했다. 이런 방면으로는 좀처럼 포기를 모르는 나지만, 애초에 이해시키려는 건 내 욕심임을 천천히 알아가게 되었다. 이해하기 어려운 게 당연하다는 현실을 받아들이니 화가 나거나 괴로울 일이 줄어든 것 같기도 했다.

사실 나를 둘러싼 사람들에게는 대체로 수용과 환대를 받았다. 고맙고 기쁜 장면을 많이 가지고 있다. 이것만으로도 굉장한 행운이라고 생각하지만, 아직도 어떤 날에는 나라는 존재가 당연하지 못함에 충격을 받는다. 순진하게도.

"이기적인 인간들의 불륜 합리화일 뿐이죠."

○ 폴리아모리 관계를 수행하고 있지 않더라도 배타적인 독점 관계인 모노가미monogamy를 고집하지 않는다는 의미로 썼다.

이런 말들에 발끈하여 마치 폴리아모리 활동가라도 된 양 매체의 게시판에 의견을 남기고, 단어를 검색했을 때 제대로 된 콘텐츠가 하나라도 나왔으면 하는 마음에 유튜브 채널에 나가서 나의 폴리아모리 생활에 대해 이야기한 적도 있다. 하지만 그 역시 나라는 개인의 입장이자 상황일 뿐, 내가 관계를 맺는 방식이 폴리아모리를 대표할 수는 없다(누구나 그렇지만 특히 폴리아모리의 삶은 논모노가미라는 요소를 제외하면 사람에 따라 그야말로 제각각이다).

무엇보다 세상을 조금이라도 바꿔보겠다는 오만한 오기만 품고서는 내가 계속 살아갈 수가 없었다. 고갈되어갔고 메워지지 않았다.

설명하는 글은 대개 재미없기 때문에 이런 글을 정말이지 쓰고 싶지 않은데, 뭔가 궁금하지만 실례가 될까 봐 물어보기를 주저하는 세심한 앨라이° (혹은 앨

°   『성소수자 지지자를 위한 동료 시민 안내서』(지니 게인스버그 지음, 허원 옮김, 현암사, 2022)의 원제가 '현명한 연대savvy ally'임을 밝히는 것으로 '앨라이ally'에 대한 설

라이가 될 가능성이 있는) 친구들의 눈빛이 떠오른다. 그걸 이기기는 힘들다. 내가 먼저 열어버린다. 괜찮아, 뭐든지 물어봐. 자, 이제 물어봤다고 가정하고 대답해볼까? 이 책이 어떤 설명이 될까? 그래도 한 번은 작정하고 설명하고 가자. 이해는 잘 안 가도 재밌으면 좋겠다. 좀 이상한 것들이 재미있는 법이지. 너무 멀쩡한 건 재미가 없지. 나는 좀 이상하지.

　　　　내가 나 자신을 폴리아모리에 팬로맨틱^{panromantic} 호모섹슈얼^{homosexual}이라고 소개한다면 (실제로 이렇게까지 발화한 적은 없는데, 그 이유는 다음과 같다. 우선, 나에게는 퀴어 치고 제법 사회성이라는 게 있다.° 그리고 지금은 스스로를 좀 다르게 정체화하고 있다) 이런 용어가 낯선 사람들은 머릿속에 물음표만 가득 찰 것이고, 무슨 소린지 아는 사람들은 끝없이 길어질 수 있는

명을 갈음하겠다. 유추하기 어렵다면…… 꼭 읽어보기를 권한다. 내가 그 책의 기획편집자여서 하는 말이 절대로 아니다.

° 　퀴어 친구들이 불쾌해하지 않고 이 농담을 이해해주리라 믿는다.

정체성 태그에 질려버린 나머지 혀를 차며 작작 하라고 말할지도 모른다.

하여간 무슨 말이 하고 싶은 거냐면, 어느 쪽에게든 나는 연애 경험이 많고 애인도 많으리라는 오해를 받곤 한다는 것이다. 입장을 바꿔 생각해보니 음, 나였어도 그렇게 짐작했을 수 있겠다. 비독점? 다자연애? 남자도 여자도 만나봤다고? 근데 끌림의 종류는 다르다고? 어쨌든 다 해본 거 아니야? 그러니까 너무 문란한 거 아니냐고!

물론 폴리아모리스트 중에는 (놀랍게도 대한민국에 이런 사람이 나 하나만 있는 건 아니다) 실제로 연애 경험이 많거나 파트너가 여럿인 사람들이 있다. 그리고 나에게도 방탕하게 젊음을 즐겨보고 싶은 마음이 영 없었던 건 아닌데…… 그렇다고 꼭 그게 그렇게 되는 것은 아니었다.

먼저 인정하는 사실. 스무 살 이후로 연애를 안 한 시기가 거의 없다. 그러나 약간 무서운 사실. 그러려고 한 건 아니었지만, 단 한 명과 8년을 함께 보내는 방식으로 이를 수행했다(그후로 같은 사람과 또 8년을 함께 살았다!). 그간 여러 사람을 만나봐야 자기 짝을 잘 찾는다는 연애 조언을 숱하게 들었다. 어떤 사람에게는 많은 사람을 만나보는 게 실제로 도움이 될 수도 있다. 그런데 긴 시간을 함께 보내봐야만 겪을 수 있는 관계에서의 경험이 얼마나 스펙터클한지는 쉽게 간과되는 것 같다. 나는 적어도 내가 어떤 사람과 안 맞는지, 어떤 사람을 피하고 싶은지에 관해서는 비교적 명확하게 알고 있었으므로 시행착오에 많은 시간을 쓰지는 않았다. 대신 한 사람과 충실하게 희로애락 천태만상 산전수전을 겪기도, 또 합이 잘 맞는 안정기를 보내기도 했다.

　　처음부터 나의 모든 면을 설명할 수 있는, 단 하나의 변치 않는 정체성을 찾을 수는 없었다. 그건 누구에게나 어렵다(끝내 자기 자신을 모를 수도 있다). 나는 오랜 시간에 걸쳐서 스스로 어렴풋이 인지했거나 전혀 이해할 수 없었던, 내 속성에 들어맞는 언어들을 하나씩 찾아갔다. 말할수록 이상해지는 것 같지만 굳이 따지자면 지금은 다음과 같이 스스로를 정체화하고 있다. 3년 가까이 폴리아모리 생활을 한 논모노가미, 사픽^{sapphic}○에 가까운 폴리섹슈얼^{polysexual}○○, 그리고 그레이 에이섹슈얼^{gray asexual}이다. 그러니까 '거의 무성애자'이기까지 하다는 건데, 여기까지 읽어주었다면 이제 "뭔 소리야, 지랄 염병을 하네" 하고 짜증 내며 책을 덮어도 나는 할 말이 없으며 당신의 선택을 완전히 존중한다.

　　　'거의 무성애자'인 그레이 에이섹슈얼을 대충 내 맘대로 번역하자면 '잘안사빠' 정도가 되지 않을까? 그러니까 이는 '금세 사랑에 잘 빠지는 사람이나 성향'을 가리키는 '금사빠'의 반대로, 여간해서는 '누군가와' 섹슈얼한 스킨십을 하고 싶다거나 연애하고 싶다는 마음이 잘 안 드는 것이다. 나에게 이 모든 끌림이 충족되는 상대를 만나기란 불가능에 가까웠기에, 지루하거나 지고지순해 보일 수 있는 시간은 자연스레 길어졌다. 살면서 그런 끌림을 느낀 순간이 몇 번이나 있었는지 한

○　　　　　구어로 말했다면 '여성애자'로 대체했을 것이다.

○○　　　　다성애자로 주로 번역된다. 다성애자의 끌림은 지정 성별 여성 혹은 남성에만 국한되지 않는다.

손에 꼽아보려 해도 손가락이 남는다.

여기에 대해 스스로 한참 생각해봤는데, 특별히 사람을 판단하는 눈이 까다롭거나 기준이 높아서 이러는 게 아니고 그냥 이렇게 생겨먹었다고밖에 못 하겠다. 로맨틱·섹슈얼 끌림에도 과녁이 있다면 정확히 10점에 명중해야만 몸과 마음이 움직인다고 해야 할까? 거기에 이르기까지 선행적으로 필요한 조건이 충족되기가 매우 어려우며, 그 조건이 무엇인지 말로 설명하는 것도 어렵다. 다만 여기서 '조건'이란 소위 원하는 연애 상대를 따져볼 때 소환되는 '현실적인 조건'과는 다르다.

물론 10점이 아니어도 만날 수 있고, 강렬하게 끌려도 사귀지 않을 수 있다. 나도 그런 적이 있다. 지금 와서 돌아보면 (내 입장에서는) 퀴어 플라토닉°에 가까운 관계로 파트너를 만나왔다고 생각한다. (크게 숨 한 번 쉬고) 역시 나의 여러 정체성 중 가장 설명하기

○   전통적인 로맨틱 커플에 딱 들어맞지는 않으나, 흔히 우정으로 여기는 것 이상으로 강렬하고 친밀한 정서적 연결감을 느끼는 관계이다.

어려운 게 이 부분이다. 이 미친 유성애 세계에서 에이엄^{A-um}○은 외계다. 그런 내가 사랑 타령하는 책을 쓰고 있다는 게 아이러니할 수도 있다. 아무튼 이러저러해서 지금껏 사랑에 빠지거나 연애한 상대가 몇 없었고 현재로서는 파트너도 한 명인…… 여기까지 쓰고 나니 별로 중요하지도 않은 얘기를 쓸데없이 길게 늘어놓은 것 같아 머쓱해진다. 무언가 오해를 방지하고자 떠들었는데 아무도 오해한 적 없는 것 같고…….

약간 과장하자면 나는 폴리아모리라는 말을 온갖 맥락에서, 시도 때도 없이 쓴다. 으레 요약된 정의인 '비독점 다자연애'에만 국한하지 않고, 비독점적인 방식이 돋보이는 다자관계(사실상 인간관계라는 게 보통 이러한 법이라 새삼스럽기도 하지만)를 맺는 상황을

○ 다채로운 무성애 성향을 포괄하는 에이엄브렐라 A-umbrella의 줄임말. 무성애 내에도 스펙트럼이 있으며, 에이엄브렐라는 이를 강조하면서 아우르는 표현이다. 더 알고 싶다면 『에이스-무성애로 다시 읽는 관계와 욕망, 로맨스』(앤절라 첸 지음, 박희원 옮김, 현암사, 2023)라는 책을 추천한다.

발견하면 냅다 외친다. "이게 바로 폴리아모리지!"

2023년, 비온뒤무지개재단에서 주최한 앨라이 도서전의 오프닝 북토크에 앨라이 책 편집자로서 참여했다. 패널로 함께 나온 한 편집자가 '편집자의 일'이 마치 '폴리아모리 같다'고 비유했는데 그 표현에 동의했을 뿐 아니라 반가움에 겨운 나머지 관절이 나가도록 무릎을 쳤다(돌이켜보니 수상하리만치 과했던 내 리액션은 거의 공식 커밍아웃 수준이었다. 모두가 내 정체를 알았다 해도 이상할 게 없다).

출판편집자는 저자, 디자이너, 마케터 등 여러 협업자와 직접 긴밀히 소통하면서 밸런스를 잘 맞춰야 한다. 때로는 매개체 역할도 한다. 나는 이들 모두를 사랑해버린다는 마음가짐으로 일한다(언제나 성공하는 건 아니지만 이게 잘될 때면 일하는 과정이 짜릿하고 만족스럽다). 폴리아모리 비유에 관한 나의 해석을 얘기하는 중인데, '동시에 사랑하기'보다 '균형 맞추며 관계 맺기'가 자연스럽게 먼저 나온다. 그게 가장 어려우면서도 중요한 일이니까. 각기 다른 존재들의 면면에 따라 나 역시 다르게 그러나 진실하게 감응하는 일.

매일 밤 나에게 앞다리를, 서정에게는 뒷다리를 올리고 우리 셋을 묶어놓는 고양이 연지야말로 우리 집안의 진정한 폴리아모리스트다. 연지에게서 비롯되는 커뮤니케이션이 두 인간의 관계에도 영향을 미친다. 어제는 우리 둘을 반씩 차지하고 앉아서 움직일 생각을 안 하는 연지를 보며 서정이 말했다. "얘 또 폴리아모리 한다." 연지가 폴리아모리 하는 동안 (우리 몸에서 네 발을 떼어내고 장소를 옮길 때까지) 꼼짝없이 기다리느라 두 인간은 늦게 씻었고 늦게 잤다. 그게 좋았다.

내 삶은 폴리아모리로 점철되어 있다. 동료도 친구도, 생활도 일도, 여럿을 동시에 사랑하느라 즐겁고 바쁘며 때로는 버겁고 괴롭고, 외롭다. 써놓고 보니 나열한 순서가 이해받기 쉬운 감정에서 타인이 짐작하기 어려운 감정 쪽으로 흐르고 있다. 남편 그리고 여자친구와 편안한 관계를 지속하고 있던 어느 날, 또 다른 새로운 사람에게 어떤 확신을 가져버리고 만 것은 내가 입도 뻥긋하기 어려웠던 이 핵심적인 감정과 연관

되어 있다. 내가 폴리아모리스트임을 알았을 때의 반응을 다양하게 접해왔지만, 서정이 나에게 건네준 첫마디는 단연 놀라웠다.

　　"많이 외롭겠네요."

　　그는 지금 나의 아내가 되었다. 나도 잘 못 가는, 나의 가장 깊은 곳으로 가는 방법을 아는 사람이다.

　　내내 지구에 불시착한 외계인 같았다. (좁은 의미의) 퀴어 정체성과 무관한 일로도 "굳이" "유난히" "그걸 왜 하필 네가" "꼭 그렇게" 같은 말을 숨 쉬듯 들었다. 이 세상은 내가 있을 곳이 아니고 나는 여기에 어울리지 않는다는 걸 진작 알았다. 퀴어한 존재로 여기에서 살아가려면, 가능한 한 많은 페르소나를 만드는 게 생존법이었다. 변검처럼 순식간에 얼굴을 바꿔가며 상황에 맞게 가면을 썼다. 그 일에 능숙해질수록 칭찬을 받거나 호감을 얻기도 했지만 가면 속 나는 비밀리에 소외되었다.

　　이제는 그런 식으로 내가 나를 사라지게 하고 싶지 않다. 그러므로 살아가는 방법을 오랜 시간에 걸쳐 서서히 바꾸고 있다. 가면은 많이 버려서 몇 개 남지 않았다. 지구에서 사는 동안 내가 나로 사는 데 필요한 것들만 남기려고 한다. 그런데 그게 될까? 나로 살아가는 일은 위험하다. 기어코 이런 글을 쓰는 일도 그 일환이다. 내가 더 내가 되어갈수록 살갗을 스치는 공기는 사포처럼 따갑게 느껴진다.

○　　　　　　　　**커밍아웃의 즐거움과 무거움**

　　　　　본격 폴리아모리 생활을 시작했을 때, 나는 이 사실을 주변 사람들에게 숨기지 않은 정도가 아니라 특별히 커밍아웃이라는 인식조차 하지 않은 채 신나게 떠들고 다녔다. 실상은 발산이나 살포에 더 가까웠다. 뭘 또 그렇게까지 난리 블루스 트위스트를 추었나 싶어서 돌이키면 약간 면구스러운데, 이는 LGBTQ+의 정체화 과정 중 '자긍심 단계'에서 나타나곤 하는 전형적인 모습이다(바로 이 점을 인정하는 게 왠지 좀 더 창피했다. 그렇지만 안타깝게도 나는 『성소수자 지지자를 위한 동료 시민 안내서』의 편집자이자 독자로서 제법 배운 바가 있기에, '아는 자'의 수치를 견딜 수밖에 없었다). 하여간 당시의 내게 폴리아모리스트라는 정체성과 그로서 관계를 맺는 새로운 방식에 대한 얘기는 그저 근황 토크의 일부였달까. '사회적 분위기'를 고려한다는 개념 자체가 없는 나이브한 인간! (기혼 여성인 나의 새로운 애인이 여자라는 사실에는 왜인지 아무도 놀라지 않았고 당연하게 여겼으며 이 현상에는 오히려 내가 조금 놀랐다.)

폴리아모리라는 개념을 몰랐던 사람에게 설명을 곁들일 때도 있었는데, 이는 언제나 기꺼운 일이었다. "그래 너답다" 식으로 의연하게 받아들이는 사람이 있는가 하면 놀라 뒤로 자빠지는 사람도 있었다. "우와, 저는 그런 거 미드 같은 데서밖에 못 봤어요!" 같은 귀여운 반응도 있었다. 가까운 친구 중에는 아이 없이 살아가는 기혼자도 꽤 있는데, 그들은 본인의 가치관이나 삶의 방식과는 상관없이 내 삶을 평가하지 않고 존중해주었다. 내가 너무 거리낌 없이 이야기해서 그런지 오히려 모든 게 순탄하게 지나갔다. 원래 좀 희한한 구석이 있는 애라고 여겼기 때문에 그러려니 해주었을까? 운 좋게도 곁에 훌륭한 사람이 많다.

원가족에게는 타이밍을 봐가며 하나하나 차례

로 알렸다. 꽤 재미있기까지 한 과정이었다. 남동생은 별 관심 없이 그러려니 했고 (바위를 인간으로 형상화한다면 걔가 될 거다) 여동생은 약간 놀랐지만 "에휴 가지가지 한다, 언니가 그러면 그렇지" 정도의 뉘앙스에 더해, 각자의 인생이니 상관없지만 본인 주위에는 이런 걸 받아들일 만한 사람 없으니까 공통된 SNS 지인이나 본인 친구들 앞에서는 허튼소리 하지 말라고 주의를 시켰다. 그때까지만 해도 "야, 나도 그 정도 눈치는 있어" 하며 웃었다. 그다음은 엄마였다. 나를 사랑으로 흠뻑 적셔주는 당시 여자친구에 대해 엄마에게 말하고 싶었다. 타이밍을 보는 중이었다.

   그러던 어느 날, 엄마의 망막에 이상이 생겨 수술을 하게 되었다. 엄마가 서울의 큰 안과에 입원한 날, 나는 퇴근한 뒤 병실로 가 하룻밤을 보냈다. 다음 날 아침 일어나서 다시 출근하기 전에 지금이다, 하는 느낌이 빡 왔고 운을 뗐다.

   "엄마, 폴리아모리라는 말 들어봤어?"

   "아니. 그게 뭔데? 사람 이름이야?"

   "아니 그게 아니고, 딱딱하게 정의하자면 '비독

점적 다자연애'라고 하는데…… 사실 사람이 평생 한 사람만 사랑하긴 어렵잖아. 그리고 동시에 여럿을 사랑할 수도 있잖아. 근데 이걸 하려면 사랑하는 사이에서도 상대를 소유하거나 모두 통제하지 않으려고 노력해야 되는 거지. 규칙도 필요하고."

　　"와, 그거 되게 좋은 거네? 앞으로 점점 그런 쪽으로 세상이 바뀔 수도 있겠다."

　　"그치? 그 좋은 걸 내가 하고 있어."

　　"어떻게?"

　　"나 만나는 사람 있어."

　　"아아…… 그럼 너…… 양성애자야?"

　　"응, 뭐 대충 비슷한 거야."

　　폴리아모리에 놀라는 반응을 보이기 전에 (엄마까지) 당연히 나의 애인이 여자일 거라고 짐작하고서 다른 과정을 다 점프한 채 이런 질문을 던지다니. 원체 웃음이 헤픈 나지만 여기는 웃는 타이밍임이 확실했다. 엄마가 우등생이라 진도가 빨랐던 것 같다(엄마는 10여 년에 걸쳐 '머리 컸다고 매사 가르치려드는 장녀'에게 혹독하게 시달려왔다). 그때까지만 해도 나는 스스로 팬섹슈얼pansexual, 즉 범성애자라고 정체화하고 있었으므로, 양성애와 범성애의 차이를 간단히 설명했던 것도 같다. 그러나 엄마는 아마 그 부분까지는 제대로 이해하지도 기억하지도 못할 것이다. '로맨틱 끌림'과 '섹슈얼 끌림'이라는 표현은 입 밖에 내지도 않았다(끌림에는 더 많은 유형이 있지만!). 아무래도 상관없다. 그래도 생각보다 많은 걸 설명하지 않아도 돼서 편했다.

엄마는 마치 딸에게 결혼하고 싶은 남자친구가 있다는 소식을 들은 것처럼 "애인은 뭐하는 사람이냐, 어디 사냐, 몇 살이냐" 등 상투적인 호구 조사부터 했다. 어이없게도 이 클리셰 레퍼토리가 나에게 기쁜 안도감을 주었다. 물론 "진영이도 참 대단하네" 하는 사위 칭찬도 빠지지 않았다.

어느 날엔 서울에 일이 있었던 아빠가 뭘 가져다준다며 나와 진영이 사는 집에 들렀다(아마 진영에게 줄 술이었을 것이다. 술을 못하는 아빠는 술 선물이 들어올 때마다 진영에게 주었는데 그게 하나의 즐거움인 것 같았다). 그 틈에 나는 또 커밍아웃 공격을 선보였는데…… 왜인지 특별한 반응 없이 덤덤한 아빠에게 같이 있던 여동생이 말했다.

　　"아빠, 딸이 이런 얘기를 했는데 왜 이렇게 반응이 없어?"

　　"아니 놀라는 것도 적당히 놀랄 만한 얘기여야지. 이건 뭐……."

　　덤덤한 게 아니라 당황한 거였다. 아빠의 말이 너무 설득력 있는 바람에 웃음이 터졌고 (이것도 웃을 만한 상황이 맞는지 모르겠지만 당시 나는 복식호흡으로 깔깔거렸다) '그래, 오늘은 무리하게 더 많은 정보를 주지 말고 여기까지만 하자'고 생각했다.

　　사람들의 반응을 보는 게 재밌어서 심술궂은 장난꾸러기처럼 커밍아웃을 남발하고 다녔다. 나는 전부 얘기했으니 이제 다 됐다고도 생각했다. 그런데 그렇게 여러 번 다양한 상황에서 커밍아웃을 하고 나서 한동안 어땠는가 하면, 사람들이 나를 흐린 눈으로 보는 듯한 기분을 종종 느꼈다. 예상치 못한 구간이었다. 물론 대부분 처음에는 퍽 놀라는 반응을 보이긴 했어도 직접적으로 불쾌한 언행을 하지는 않았다. 오히려 나를 혹은 새로운 관계 방식을 인정하고 받아들이려 노력한다고 생각했다. 그런데 이상하게도, 나의 수많은 정체성 가운데 '폴리아모리스트인 나'는 투명 인간 취급을 당하고 있다는 묘한 분위기가 슬며시 감지되는 순간이 잦아졌다. 자연스럽고 사적인 대화에서도 그 부분을 일부러 언급하지 않는다거나 타인에게 나를 숨긴다거나 하는 은근한 방식으로. 누군가 또 짐짓 모르는 척 눈을 피하는 것 같다고 느낀 날이면 서운하고 서러웠다. 비슷한 경험이 반복되었다. '사실은 다들 알고 싶지 않고, 이해하고 싶지도 않은 게 아닐까? 내 앞에선 이해하는 척했지만 내심 탐탁지 않은 것 같아. 사람들에게 커밍아웃하는 일 자체가 이기적인 강요나 압박이 되는 걸까?'

시간이 좀 더 흐른 뒤 몇몇 사람에게 이런 마음을 직접 꺼내 서운했음을 털어놓음으로써 내가 오해한 마음들을 약간은 이해하게 되었다. 당시엔 그들도 바로 소화하기엔 어렵고 버거운 정보를 접해 어쩔 줄 몰라 했던 것 같다. 그렇다고 해서 어찌할 바 모르는 마음을 드러내면 나쁜 사람이 되는 것만 같아 더 조심스러워졌는지도 모른다. 나에게 이것저것 묻지 않거나 관련한 이야기를 삼가던 행동이 배려나 보호하려는 마음에서 비롯됐을 때도 있었다. 이것저것 떠나서, 새롭고 낯선 사실을 받아들이는 데에는 시간이 필요하다. 거기에 걸리는 시간도 사람마다 다르다. 끝내 못 받아들일 수도 있다.

이 당연한 진실을 내 것으로 소화하기까지도 긴 시간이 걸렸다. 지금도 계속 이 과정을 겪고 있다. 여러 단계를 왔다 갔다 하면서 찬찬히 알게 되었다. 이제부터의 삶은 곧 기나긴 커밍아웃 여정 그 자체겠구나, 이 여정은 결코 선형적이지 않구나, 그런 것들을.

매일 무언가를 알게 된다. 알고 싶지 않아도 어쩔 수 없다. 이 길로 와버렸다.

○

밤을 새 외주 교정 마감을 하고 아침에 두 시간 쯤 잤다. 집을 나서 약속 장소에 도착해 택시에서 내렸더니 건너편에 서정이가 보였다. 알 수 없는 표정을 하고선 가만히 나를 보며 얼어붙은 듯 서 있었다. 짧은 횡단보도를 성큼성큼 건너 서정 앞에 금방 도착했다. 애틋하게 자석처럼 착 붙었다. 지금 내게 또 반했다는 말에 깔깔 웃었다. 내가 상상도 못 한 말을 서정이 할 때면 그렇게 까르르 웃게 된다. 함께 카페에 머무르다가, 다음 일정을 함께하기로 한 친구가 와서 서정과 인사를 시켰다.

나는 자꾸만 나의 사람들에게 서정을 보여주고 싶다. 또한 나 역시 서정의 사람들을 만나고 싶다. 이런

적은 처음이다. 이런 적은 처음이라는 말을 입에 달고
산다. 지겨워도 어쩔 수 없다. 처음이 아니게 될 때까지
멈출 생각이 없다.

　　　일정을 마치고 호텔로 가서 서정이와 재회했다.
이 호텔에는 여름철에만 운영하는 야외 수영장이 있
다. 나는 야외 수영장보다 실내 수영장을 좋아하니까,
다음에는 실내 수영장이 있는 곳에도 함께 가보고 싶
다. 월경이 끝나갈 즈음이라 생리컵을 한 채로 섹스했
다. 섹스라는 행위에서만 얻을 수 있는 몰입, 충분히 안
전한 행복, 해방감 같은 것을 계속해서 더 알아가는 중
이다. 만지는 것과 밀착하는 것, 정돈하지 않은 언어와
소리로 본능적인 소통을 하는 것, 마침내 안기는 것.

　　　초밥을 시켜먹고 넷플릭스로「공동경비구역
JSA」를 보았다. 헤아려보니 23년 만에 다시 보는 영화
였다. 어린 나이에 어떻게 이런 영화를 볼 수 있었는지,
나를 영화관에 데려간 엄마도 참 엄마답다. 영화 막판
에 이르러 나도 모르게 잠깐 잠들었다. 서정의 옆에서
졸다 일어나니 편안했다. 이런 게 내게는 완벽한 세계
에 가깝다.

서정을 먹이고 벗어놓은 옷을 개어두고 음식을 먹은 테이블을 치우고 닦고 약을 갖다주고, 자연스레 그렇게 되는 내 모습에 복합적인 감정이 든다. 오랜만에 보는 내 본연의 모습이면서 친구나 전문가를 비롯한 여럿에게 주의를 받아 많이 고친 면모이기도 하다. 일방적인 희생과 헌신이 관계를 불균형하게 만드는 데 일조하고, 이런 노력이 결국 나를 어떤 역할에 옭아맨 적이 많았기 때문이다. 이번에는 이 모습이 서로에게 해롭게 작용하지 않을 것 같다. 나는 이제 내가 타인들에게 해주곤 하던 일을 똑같이, 아니, 그 이상으로 흠뻑 받기만 해본 경험 또한 가지게 되었기 때문이다. 받아본 힘으로 기꺼이 줄 수 있다. 이것은 상당 부분 한이가 내게 준 힘이다.

기상 알람은 아무런 의미도 힘도 없다. 요즘 나는 거의 두 시간마다 깨거나 두 시간밖에 못 자니까. 잠에서 깬 시커먼 밤에도 곁에 새근거리며 곤히 자는 서정이 있어서 좀 괜찮았다. 잠든 서정을 바라보는 행복으로 잡다한 불안을 조금 걷어낸다. 취침 전 약을 먹고도 바로 잠들지 못하는 그 시간, 그리고 문득 깰 때마다 빌어먹을 내 심장 박동을 과하게 느끼는 일은 언제나 끔찍이도 외롭고 매번 무섭지만, 서정 옆에 있으니 그건 그것대로 또 좋았다. 아침마다 잠에 취해 정신 차리는 데 한참 걸리는 서정을 깨우지 않고 충분히 재우고 싶었다. 그렇지만 체크아웃 시간을 앞두고 허겁지겁 빈속에 약을 먹게 하는 게 더 안 될 일이므로, 먼저 수프와 샐러드를 시켰다. 못 일어날 것 같더니만 아침을 주니 또 오물오물 잘 먹는 게 얼마나 귀엽던지.

　　앞으로의 일들을 나 혼자 알아서 하지 말고 같이 해나가자고 서정이 말해주었다. 그게 그렇게 고마우면서도 내가 과연 그럴 수 있을지 자신이 없어서 노력해보겠다고만 대답했다. 구질구질하고 지리멸렬한 생활의 영역과 문제 해결 과정을 싹 감추고, 내 힘으로 짠 준비한 세상에 깔끔하게 서정을 들이고 싶은 마음이다. 그러나 나에게 그럴 능력이 있었다면 이 문제로 그렇게 마음 썩지도 않았겠지.

　　집에 오자마자 넋 없이 한참 누워 있는데 서정에게 연락이 왔다. 현재 자신과 동거 중인 엄마에게 곧 그 집에서 나와, 나랑 같이 살겠다며 폭탄선언을 했다고 한다. 아니 애, 진심이잖아? 정확히는 몰라도 내가 어렴풋이 아는 서정의 맥락과 역사와 기질과 패턴을 생각하면 놀랄 만한 일이었다. 그러고 잠시 후에 서정이 쓴 편지의 링크를 받았다. 링크 안으로 들어가 읽고 또 읽었다. 서정의 용기와 노력과 강함을 보고 또 보았다. 그제야 우리 정말로 같이하는 거구나 실감했다. 내가 나를 믿지 못할 때는 서정을 믿어도 될 것 같고, 그건 그 반대도 마찬가지다. 우리가 우리가 된다면, 좀 더 믿어볼 만할 것 같다. 오로지 사랑만 붙잡고서 겨우 목숨을 부지하고 있다. 과장이 아니다.

이 글을 진영이 데워준 닭가슴살을 먹고 나서 썼다는 사실과 그전에는 한이와 영상 통화를 하며 롤리폴리를 먹었다는 사실을 밝힌다. 내게 흔들림 없는 일상의 풍경을 만들어준 이들. 그러나 서로 적확히 응답하는 데에는 때때로 미진하여 나는 외로운 안심 속에서 떨었다. 사방팔방으로 향하는 에너지 버튼을 정신없이 누른다. 지금 내게 벌어지는 일 중에 사랑을 제외한(어쩌면 포함한) 모든 일은 내게 생채기를 내고 극심한 피로를 안기거나 쓸쓸하게 만든다. 내가 용감해

보인다면(혹은 무모해 보인다면) 그건 그만큼의 두려움을 끌어안고 달린다는 의미다. 나는 안 죽고 싶은 게 아니라 안 죽고 싶고 싶다.

이런 게 사랑이라면

우리 고양이 연지에게는 뭘 바라거나 기대하지 않기 때문에 실망하거나 서운할 일이 없다(연지는 이미 매 순간 존재 자체로 완전하다). 그런데 만약 이런 마음이 사랑의 주요한 요소라면, 인간이 서로를 사랑하기란 거의 불가능하지 않을까? 사랑 같은 걸 함부로 헐렁하게 하고 싶지 않다. 연지가 "그건 사랑이 아니야"라고 말해준다면, 나는 귀담아듣고 깊이 반성할 텐데.

아무 걱정 없이 마음껏 예뻐만 해도 되는 존재가 있다는 건 매우 특별한 일이다. 인간과는 그럴 수 없다. 우리는 서로를 조금은 알고 있으며, 그 때문에 동시에 더 많이 오해한다. 답이 있는데도 구태여 틀리려고 작정한 듯, 분명히 힌트를 가지고 있으면서도 각자 딴

소리를 한다. 완전한 소통이란 완전히 불가능하다는 걸 인정해야 그나마 소통의 틈이 생길 것 같은데. 우리는 타인을 끊임없이 판단하고 평가한다. 감히 아량을 베풀려 하거나 자기 마음만 편해지면 그만이라는 듯 멋대로 이해한다. 그것이 진실이 아님을 알면서 내 손으로는 끝내 수정하지 않으려고 버티기도 한다. 누가 여기서 결백할 수 있을까. 어쩌면 자꾸 사랑하려고 해서 더 쓸쓸한 세계.

일방적인 사랑이 윤리적으로 늘 옳기란 사실상 불가능하다. 받는 사람의 반응을 예단할 수도 없다. 받는 자에게 과연 어떤 의무라는 게 있기나 할까? (아이에게는 무조건 사랑을 쏟아부을 수 있겠지만, 아이는 자라서 부모의 사랑을 거절하거나 왜곡하거나 한 귀로 흘리거나 무거워할 수도 있다.)

반려동물과 함께 살고 있거나 그런 경험이 있는 사람들은 말하곤 한다. "동물에게도 영혼이 있다." "동물도 다 느낀다." "힘들 때면 내 곁으로 와 위로해주었다." "그 애는 다 이해하는 듯했다." "준 것보다 받은 게 더 많다." "그 애가 어리석은 나를 가르쳤다." "마치 기다린 듯이 내가 도착할 때까지 버티다가 떠났다……."
그런데 나는 잘 모르겠다. 연지는 나의 괴로움을 알 수
도 알 필요도 없다. 그게 내가 원하는 바이기도 하다.

나는 연지를 웬만하면 안 괴롭히려고 하는데
(귀여우면 더 괴롭히고 싶어하는 타입의 보호자도 있
다) 사랑스러워 견딜 수 없는 마음에 이따금 연지의 온
기와 보드라운 털을 느끼며 끌어안으면…… 5초 이상
버텨주지 않는다. 종종 내가 '살기 싫음'에 잠식되어 어
두운 방에 홀로 있어도 정연지는 코까지 골면서 낮잠
을 자느라 여념이 없다(이럴 때는 꼭 성까지 붙여서 불
러야 한다). 나는 더 자고 싶은데 자기가 먼저 깼다는
이유로 아침부터 얼굴을 들이밀고 내 귀에 피가 날 지
경으로 시끄럽게 울어대는 정연지 때문에, 종종 내가
더 울고 싶은 컨디션으로 하루를 시작한다. 문제가 있
는지 확인해보면 밥도 잘 먹었고 화장실도 잘 다녀왔
고 역시 나를 꼭 깨울 이유가 없었는데, 살다 보니 연지
에게는 나름대로 이유가 있다는 걸 알게 되었다. 일어
나서 자기를 좀 봐달라는 거다. "야, 이 관종 정연지" 하
면서 부르면 또 어디 숨었는지 보이지도 않는다. 그래

도 못되게 굴려는 행동이 아니니까, 나는 연지를 1초도 미워하지 못한다. 연지는 그냥 매 순간 존재할 뿐이다.

　　물론 나도 고양이와 함께 살게 되면서 느끼고 배운 게 많지만, 그건 나의 해석일 뿐 연지에게는 아무런 의도가 없다. 나는 연지를 부러워한다.

　　내가 얼마나 사랑하는지 연지는 모를 것이다. 그러니까 연지는 "나한테 왜 이래" 하며 부담스러워하지 않을 것이고, 기대에 부응하거나 보답하려고 아등바등하지 않을 것이고, 이럴 거면 왜 낳았냐고 원망하지 않을 것이고(내가 안 낳았다), 내가 언제 밥 달랬냐고 짜증 내며 문을 쾅 닫고 들어가지 않을 것이다. 연지는 아무것도 몰라도 된다.

메모장°

준비물

∨ 카메라와 충전기(캐논, 리코)

∨ 노트북과 전원 충전기

∨ 아이패드와 C타입 충전기

∨ 일체형 데스크톱 컴퓨터, 마우스, 키보드, 마우스패드

∨ 허브, 참기름, 치킨스톡

∨ 치즈 그레이터, 하드 치즈(그라나파다노)

∨ 읽을 책 다섯 권

∨ 옷, 잠옷, 양말, 속옷

∨ 생리컵

∨ 약
  - 위장약, 정신과 약, 탁센, 타이레놀, 오타이산

∨ 영양제
  - 아이브라이트, 매스틱 검, 비타민, 마그네슘

∨ 블루투스 스피커와 충전기

∨ 헤드셋과 에어팟

∨ 다이어리와 필기구

∨ 수영복, 운동복

∨ 세면도구와 기초 화장품

∨ 스트라이덱스 패드, 수면 팩

∨ 선크림, 쿠션, 립

∨ 향수, 룸 스프레이

∨ 샴푸, 바디 워시, 바디 로션, 오일

∨ 텀블러와 빨대 세척 솔

∨ 화장실 청소 티슈

∨ 스테로이드 연고

∨ 렌즈 액, 안경, 렌즈 통, 선글라스

∨ 검정 운동화, 흰 운동화

가기 전에 할 일

∨ 연지 손톱 깎고 양치하고 애드보킷 바르기

∨ 연지 화장실 갈이

∨ 연지 건사료 채우고 습식 추가 주문하기

2023년 5월, 워케이션(wor(k)cation)이랍시고 한 달간 제주에서 지냈다. 균형을 잃고 두려움과 혼란에 떨던 나날이었다. 진영과 동거인 모드로 한집에 살 때였는데, 제주에서는 서정과 함께 지냈다. 맥시멀리스트인 나는 거의 이주하는 수준으로 짐을 챙겨갔다. 메모장에 적었던 이 준비물은 기본에 불과하다.

숙소에 도착했을 때는 현관 앞에 미리 도착한 수십 개의 택배가 산을 이루고 있어서 문을 열 수도 없었다. 게다가 굳이 내 데스크톱으로 일하겠다고 고집하며 크고 무거운 일체형 PC를 챙겼는데 제주도로 이동하는 과정에서 액정이 파손돼 결국 노트북으로 일했다. 한 달 뒤에야 서울에서 50만 원쯤 주고 수리했다. 제주에서 바로 AS 요청을 했지만 부품이 미국에서 와야 한대서 그렇게나 걸렸다. 가져간 책은 역시 얼마 읽지 않았고 운동도 거의 안 했다. 굳이 운동복을 여러 벌 챙겨갈 필요도 없었던 것이다. 하필 그 시기에 갑자기 일이 몰려들어 '워'만 하고 '케이션'은 거의 못 했다.

음식은 잘 해먹었다. 기본적인 양념부터 치즈 그레이터, 서정의 몫까지 고려한 영양제와 집에서 쓰던 향 제품까지 챙긴 나를 서정은 기이한 생명체로 여겼다. 그러나 내가 이고 지고 온 것들을 한 달 동안 같이 야무지게 다 쓰면서, 세상에는 참 많은 물건이 있고 심지어 다 쓸데가 있음을 깨달았다. 제주로 떠나기 전 이 목록을 적을 때까지는 그저 막연했다. 두 달 후에 거주지와 가족 구성원이 바뀔 거라곤 상상하지 못했다.

처음부터 끝까지 한 글자도 안 맞아

완벽에 가깝도록 안정적이었던 세계를 모두 부
수며 질주하는 중이다. 판타지 속에 살다가 현실을 마
주했을 때 내가 어떻게 반응하는지 관찰해본다. 나도
내가 이렇게까지 위험을 감수하는 사람일 줄은 몰랐
다. 아무리 불나방이라고 해도 그렇지. 서정이랑 누가
더 미친년인지 대결했다가 순식간에 제패했다(자랑 아
님. 이겨서 안 기쁨).

          안락함 속에서 처음으로 마음껏 퇴행할 수 있었
던, 한이와의 포근한 연애를 종결한 지 얼마 지나지 않
아 나는 나를 사회적 안전망에 넣어준 가부장제에서도
나가겠다고 선언했다. 내 마음에는 방이 아주 많지만,
상대가 거기에 머물기 괴로워하거나 내게 택일을 요청

할 때는 결단을 내려야 한다.

주위 사람들의 어떤 걱정은 좀 쓸데없이 느껴지기도 한다. 그들이 짐작하는 내 고통과 실제 내 고통의 내용은 완전히 다르기 때문이다. 고유한 속내를 숨기지 않고 드러내는 일은 위험할 수 있고, 이혼의 과정이나 이혼 후의 삶에는 분명 괴로움이 뒤따르기도 하겠지만…… 내가 그걸 모를까요? 내가 죽고 싶은 이유는 그게 아니에요. 내가 괴로운 건 그 때문이 아니라고요. 요청한 적 없는 조언이 멋대로 침범하는데, 그 내용조차 나답지 않음을 권하고 있잖아요. 그럴 때마다 벼랑 끝으로 내몰리는 것만 같아요. 잊지 마세요, 여러분. 저는요, 정신병자예요! 언제부터 왜 정신병자가 됐을까요? 무슨 말을 어떻게 해야 타인을 이해시킬 수 있을까요? 나는 자주 내 언어가 아닌 언어를 강요당합니다. 나는 당신과 다른 사람인데도요. 아주 중요한 사실이에요. 그것을 기억하세요. 절대로 역지사지하지 마세요!

이별이 폴리아모리 관계의 실패는 아니다. 사랑의 실패도 당연히 아니다. 전부 여러 가지 사랑의 과정이다. 잘 헤어지는 일이 무엇보다 중요하다고 여기는 나는 헤어지는 여정에 굉장히 공을 들이고 시간도 많이 쓴다. 그러고 나면 그 사람은 나에게 계속 사랑으로 남는다. 다른 모양의 관계로 이어지기도 한다. 나는 단한 명과 연애하거나 혹은 아무와도 파트너 관계를 맺지 않을 때조차, 언제나 폴리아모리 인간이다. 넘어온 다리를 끊고 다음 다리로 넘어가는 식이 아니라, 다리들을 이어가면서 내 세계를 계속해서 더 풍부하고 복잡하게 만든다. 그들에게 받은 사랑을 또 누군가에게 주면서. 여러 관계들을 내 안에서 상호 참조하고 인용하면서. 계속해서 시행착오를 겪으며 더 나은 관계를 쌓아가는 일에 나는 매우 집중한다.

　　　2023년의 목표는 이혼이다. 서로의 좋음을 잊지 않고 충분히 사과하고 새롭게 이해하고 감사하면서 작별하기.

격리를 위한 음악

베이스 색소폰과 튜바 듀오의 연주를 보았다. 전문 연주회장이 아니라 자그마한 카페에서 이루어진 공연이었다. 두 연주자가 이 팀을 만들고 처음 리허설을 마친 다음 날, 팬데믹 뉴스가 떴다고 한다. 그래서 이 팀의 이름은 '격리를 위한 음악music for isolation'이 되었다. 세트리스트에는 캐럴과 찬송가를 비롯한 서양의 고전음악 그리고 한국과 일본의 전통음악을 편곡한 곡 등이 있었다. 관을 통해 울려 퍼지는 음이 한계에 이르기 전 악기에 숨을 불어넣는 연주자들의 잦은 들숨이 귀에 들어와 꽂혔다. 리코딩이었다면 제거해버렸을 이 '잡음'이 처음에는 이질적인 소리로 느껴졌는데, 현장에서 점차 음악의 일부로 이해되었다.

들이마시는 숨소리 때문인지, 듀오가 연주한 곡들은 전체적으로 장송곡처럼 들렸다. 틈만 나면 치고 들어오는 자살 사고와 마지못해 함께하는 나날이었기에 내 귀에만 그렇게 들렸을지도 모른다. 은근히 규칙적으로 "헉" 혹은 "흑" 또는 "합" 하면서 가슴으로 급히 숨을 들이마시는 일은 수영하거나 오열할 때밖에 없지 않나? 전자는 제대로 호흡하려 할 때의 방법이고 후자는 의지와 상관없이 쉽게 되는 찰나의 숨이다. 낮은 음역대의 느리고 따뜻하며 묵직한 음향이 주는 안정감은 아직 어설픈 내 자유형과는 잘 어울리지 않는다. 저 호흡은 내게 울음 뒤의 잔향처럼 들렸다. 무겁고 고요한 슬픔. 거룩하고 고귀한 장례식에 와 있는 기분이었다. 그런 장례식을 아직 겪어본 적은 없지만 이런 음악이 흐르는 의례라면 어쩐지 아름다운 그림일 것만 같다.

내가 죽으면 슬퍼할 사람들이 많을 것임을 나는 (아직 일어나지 않은 사실로서) 알고 있다.

나의 첫 번째 결혼생활

나와 함께한 삶에서 진영이 최선을 다했다는
걸 안다. 우리는 나름대로 관습을 깨고자 했고 꽤 즐겁
게 살았다. 웬만하면 하기 싫은 일을 하지 않았으며 하
고 싶은 대로 했다. 예컨대 명절에는 부모님 댁에 가지
않고 우리끼리 놀면서 직장인이 연차를 소진하지 않고
떳떳하게 쉴 수 있는 귀한 연휴를 누렸다. 나는 며느리
로 살지 않았다.

우리는 같이 보내는 시간 못지않게 따로 보내는
시간도 중요하게 여겼다. 취향이 잘 맞는 편이라 영화
나 공연은 대부분 같이 보았고 쇼핑도 자주 했다. 소비
패턴이나 여행 스타일도 잘 맞는 편이라 여러모로 좋
은 파트너였다.

나는 혼자 하는 여행도 좋아하기 때문에 종종 홀로 떠나기도 했다. 운동을 함께하는 일은 잘 없었다(그 시기에 나는 운동이라는 것을 거의 하지 않았다). 진영은 운동을 안 하는 나를 어떻게든 움직이게 하려고 밤마다 산책을 권유하거나 조르거나 다른 미끼로 유혹했고, 나는 열 번에 한 번 정도만 응했다.

자전거 라이딩은 진영의 생활에서 큰 부분을 차지하는 취미생활이었다. 자전거의 세계는 또 하나의 우주 같았다. 그 우주에 푹 빠진 진영은 자신의 시간과 돈을 적잖이 썼다. 내가 더 보태줄 능력은 없었지만, 말리거나 방해하지도 않았다. 다칠까 봐 걱정이 되긴 했으나 오히려 진영이 활력과 자신감, 유대감과 즐거움을 느끼며 몸도 더 건강해지는 것 같아 좋았다.

진영은 내 원가족, 친구, 동료와도 잘 어울려 지냈다. 나는 평소에도 친구를 자주 만났고, 친구를 새로 사귀는 일도 잦았다. 허구한 날 집에 친구나 동료를 초대했는데 초반에는 피곤해하던 진영이 어느새 내 친구들과 친구처럼 지내고 있었다. 나중에는 거의 바리스타와 소믈리에가 되어 적절한 순서와 타이밍에 척척

뭔가를 내놓으면서 내 친구들의 잔이 비지 않도록 했다. 손님맞이의 전문가가 되어갔던 것이다.

우리는 서로 도저히 맞지 않는 부분을 억지로 맞추기보다, 한쪽이 희생하지 않고 가능한 한 각자의 방식을 지키는 생활을 추구했다. 특히 '몸'의 문제는 의지로 되는 게 아니라서 어쩔 수 없었다. 살다 보니 우리는 잠자리에 드는 시각이나 편안하게 여기는 온도가 영 맞지 않았다. 진영은 뒤통수에 전원 버튼이라도 있는지 머리만 대면 잠드는 사람이었고, 나는 잠과 오래전부터 데면데면한 밤의 인간이었다(야행성 체질인데 불면증까지 있다니!). 신기할 정도로, 거의 언제나 나는 추웠고 진영은 더웠다. 그뿐만 아니라 서로 다른 잠자리 습관, 알레르기 문제 등으로 매일 밤 각자 곤혹스러웠다.

진영은 잘 때도 침대 곳곳을 누비다가 왜인지 한 번씩 한쪽 다리를 내 몸에 턱 올리곤 했다. 그때마다 나는 겨우 잠에 들려다가도 난데없이 통나무에 깔린 신세가 되어 윽 소리를 내며 다시 의식세계로 끌려왔다. 진영은 고양이 알레르기(정확히는 고양이 침 알레르기인데, 고양이는 그루밍을 하기 때문에 털 알레르기로 잘못 아는 경우가 많다) 지수가 최대치에 가까운 체질이었다. 그가 병원에서 받은 알레르기 검사 결과지에서 약 오를 정도로 단연 눈에 띄는 항목이었다. 100여 가지의 알레르기 중 하필 고양이 침에 당첨되다니. 하필 밤마다 꼭 내 옆에서 자는 연지 때문에, 그러잖아도 곧잘 비염에 시달리는 진영 옆에는 매일 코 푼 티슈가 산을 이뤘다.

마침내 침대를 따로 쓰기로 했고 두 침대는 각기 다른 방에 놓였다. 진영에게는 그의 방이 있었으며 나에게도 내 방, 내 작업실이 있었다. 그래도 거실에서 함께 보내는 시간이 가장 많았다.

결혼생활에서 나는 당연한 듯 기본적인 가사뿐 아니라 각종 생필품 재고 상황을 파악하는 등 전반적인 생활의 매니징을 담당했다. 같이 살기 시작하면서 진영은 설거지와 쓰레기 배출을 맡았고 나는 장 보기, 요리, 생필품이나 영양제 등 상비용품 관리, 공과금 납부, 공용 계좌 관리(주식, 적금 등), 화장실을 포함한 집

안 청소와 정리, 자고 일어나서 이불 펴기…… 등을 맡았다. 진영은 자신의 아침 식사를 알아서 챙기고 셔츠를 직접 다려 입는다는 것만으로도 (우리를 둘러싼 세간에서) 제법 '좋은 남자' 칭호를 받았다(나는 아침을 안 먹는 사람이었고, 회사에는 다림질할 필요가 없는 옷을 입고 다녔다). 개인 생활을 스스로 챙긴다고 성인 남성을 칭찬하는 게 그다지 공정하거나 적절한 일은 아니라고 그때부터 생각해왔다.

집안일 중 어떤 일들은 진영에게 맡기면 내가 원하는 수준에 이르지 못한다는 걸 알기에 그냥 내가 해버리기도 했다. 설거지를 하고 나서 그릇을 아무렇게나 쌓아두지는 않는지, 잘 마르도록 그리고 다시 수납하기 편하도록 차곡차곡 쌓는지 점검하는 일도 내 가사 노동에 포함되었다. 그런 것까지 진영이 헤아리지는 못했다. 아, 이토록 전형적일 수가.

그러나 집에서 곧잘 요리도 하던 내가 우울증이 심해져서 수건을 갤 수 없을 정도로 무기력에 잠식된 시기에는 진영이 대부분의 집안일을 할 수밖에 없었다. 몇 달 만에야 수건을 갤 수 있게 된 내가 그걸 찍어 인스타그램에 올렸던 기억이 난다. 무기력증이 몸에 징그럽게 딱 달라붙어 움직일 수 없는 지경에 이르자 심리적인 괴로움에 더해 물리적인 불편함까지 찾아왔다(단지 기분이 우울한 건데 왜 고작 침대에서 화장실 가는 일조차 힘든가! 그게 바로 정병°이다. 이때부터 나는 신경증과 정신증 사이를 아슬아슬하게 오가는 '정병러'로 살고 있다). 요구한 적도 없는데 언젠가부터 내 손톱을 깎는 일도 자연스레 진영의 몫이 되었다. 내가 거의 손을 놓았는데도 집 안이 그런대로 돌아가서 좀 놀랐다. 건강이 악화되면서 어쩔 수 없이 가사를 거의 챙기지 못한 시기에 진영이 메운 부분이 매우 컸던 것이다.

이후 내가 약간 회복되었을 때, 희한하게도 우리 생활에 필요한 일들이 이전보다 더 균등하게 배분된다고 느꼈다. '이 자식, 전에도 할 수 있는데 안 한 거였잖아? 해야만 하는 상황이면 충분히 할 수 있잖아?'

°   정신병의 약칭으로, 정신 질환 당사자들의 자조적인 농담이 녹아든 인터넷 은어이다. 『정신병의 나라에서 왔습니다』(리단 지음, 반비, 2021)에서 참고하였다.

이걸 알게 된 나는 이전으로 돌아갈 수 없었다. 그때부터 흐린 눈을 하고 배 째라 식으로 나갔는데…… 그럴수록 진영은 손쉽게 '훌륭한 남편'이 되어갔다. 내가 더 많은 일을 더 능숙하고 완벽하게 해냈을 때는 분명 그 수준의 상태가, 그리고 그런 상태를 만드는 내 존재가 기본값이었는데. 칭찬받을 일이 아니었는데. 더구나 그는 일견 살뜰해 보이는 면모로 바깥 생활에서는 윗사람에게 예쁨을 받고, '쎈 여자'와 결혼한 '조신한 남자'인 덕에 숱한 여자에게 자주 칭찬받았다(나도 어디 가서 한 사회성 하는데!). 그 꼴을 보면 진영에게 고마워하려다가도 그럴 마음이 사라지곤 했다.

이 제도권 안에서는 '내가 나로서 존재하기'가 곧 끝없는 분투를 뜻했다. 내가 어디로 달려가도 결국 프레임 안이었다. 아이를 낳으라는 참견, 남편 끼니에 대한 질문 등이 수시로 날아들어왔다. 아무리 싸워도 나 하나로는 어찌할 수 없는 한계가 있었다. 안 겪어봐도 알 만한, 뻔한 진실을 구태여 다 겪었다.

결혼 후 우리 둘 다 몇 번의 이직을 했다. 기회가 올 때마다 소심한 진영은 움직이기를 망설였는데, 나는 그런 그를 설득하거나 독려하며 이직 준비를 적극적으로 도왔다. 그는 차근차근 몸값을 올리며 점점 큰 조직에 안착했다. 이혼을 결정한 후 진영에게 이렇게 말한 적이 있다. "우리가 헤어지면 곧장 나는 하락해. 너와 계급이 달라진다구." "남의 시선은 너무 걱정하지 마. 앞으로 사람들은 너를 불쌍해하고 나를 비난하게 될 거야." 그는 이런 말들을 이해하지 못했다.

가부장제와 자본주의의 합작인 현재 가족 제도의 동의하기 어려운 면면들, 나에게 안전하게 느껴지지 않는 사회적 인식, 성별에 따라 기대되거나 강요되어온 역할, 성별 임금 격차 등의 구조적인 문제, 그리고 각자의 성장 환경과 기질이 만들어온 삶의 맥락을 애써 가리고 (실은 불가능하지만) 그저 두 인간의 관계와 생활만을 뚝 떼어내 해석의 텍스트로 삼아보기도 했다. 때때로 현실적이며 효과적인 전략이었다. 긴 시간 함께해서인지 날이 갈수록 우리의 쿵짝은 잘 맞았고 각자 자유를 확보하고 존중했으며 앞날이 점점 안정되리라고 기대할 수 있었다(맞벌이하는 이성애 부부이기

최선의 사랑

에 가능한 낙관이었다). 대체로 만족스러웠다. 진영과의 결혼생활을 나는 후회하지 않는다.

　　그렇지만 서로의 어떤 부분은 결국 받아들이기 힘들었다. 좋음은 어쩌면 나쁨과 같다(써놓고 보니 무서운 말이다). 좋은 것만 가질 수는 없다. 상대에게 매료된 지점이 상황에 따라서는 나를 괴롭게 하는 핵심으로 연결된다. 그는 나의 명철함과 예리함, 재기발랄함을 좋아했던 것 같다. 나는 그의 귀여움과 흰 도화지 같은 순진함, 정서적으로 기복이 별로 없는 사람 특유의 안정감을 좋아했다. 다르게 말하면 그는 나의 과민함과 규범으로 통제되지 않는 자유로움을, 나는 그의 둔감함과 정상성을 끝내 어쩌지 못했다. 단순히 성정의 문제로 치부할 수 없는 이유는 이것들이 곧 삶의 지향점과도 연결되기 때문이다. 우리는 '가려고' 하는, 혹은 '있으려고' 하는 자리가 달랐다. '살아 있기'만으로도 투쟁이 되는 나와 달리, 그는 정상 사회에 안착해서 싸우지 않고 살아야 더 편안할 것이다. 함부로 단정 지을 수는 없지만 나에 비하면 상대적으로 그럴 것이라고 짐작한다.

진영이 나를 아낀다고 느꼈던 여러 장면이 여전히 내 안에 분명하게 남아 있다. 이혼을 결정하고도 나에게 하고 싶은 거 다 하면서 살라고 말하던 것. 내가 행복한 게 중요하다고 했던 것. 본인 스스로 자기 삶에 만족할 수 있게 된 것이 내 덕분이라고 한 것. 자기는 사라지지 않을 것이며 언제든 연락할 수 있으니 너무 불안해하지 말라고 덧붙인 것까지. 해사한 기운을 풍기던, 단순하게 생각할 수 있는, 말하기보다 행동하는 사람이었으니 퀴어 정병러의 남편으로 살면서 조금은 덜 괴로웠기를 바란다.

사랑의 소진, 사라지는 것을 간직하는 일, 변화를 받아들이고 적응하는 일까지 모두 사랑의 일부라는 것을 배우면서 우리는 비교적 무사히(진흙탕 싸움을 하지 않고), 절차적으로 빠르고 순조롭게 법적인 남남이 되었다. 그러나 마음은 별개의 일이다. 가장 어려운 일은? 사람을 사랑하지 않기.

기대지 않고 기대하기

이 나이 먹도록 엄마 타령하는 거 진짜 별로인 거 나도 아는데 마지막으로 한마디만 할게. 엄마 나는 배가 아프고 머리가 아프고 배는 위랑 장이랑 왼쪽 난소랑 자궁이 다 따로 아프고 머리는 정수리랑 뒤통수랑 오른쪽 귀 근처랑 이마가 다 따로 아파. 근데 왜 내가 말하기도 전에 전화를 끊는 거야? 엄마는 어디가 어떻게 아픈지 구구절절 다 말해놓고 왜 나한테는 기회를 안 주는 거야? 어떻게 시만 쓰면서 산다는 거야? 어떻게 살지 않고 시를 쓴다는 거야? 내가 엄마를 이해해보려고 시 수업을 다 들어. 아니 엄마를 이해해보려고 결혼까지 했다니까? 이거 다 돈 드는 일이야.

　　　막 대학을 졸업했을 때 나와 진영은 이미 6년째 연애 중이었다. 그 시기에 써둔 글을 우연히 발견했다. 오래전 이야기인데도, 이후로 길게 이어진 우리 관계의 핵이 담겨 있었다. 맞아, 이런 장면이 잦았다.

*

　　　진영에게는 ① 만약 맞춤형 인간을 만들어낼 수만 있다면 마치 이런 사람이 아닐까 싶도록 내게 딱 맞는 구석도 있지만 ② 아무리 겪어도 매번 미치고 팔짝 뛰게 만드는 넌덜머리 나는 지점도 있고 ③ 좋긴 한데 이건 참 아쉽다 싶은, 왠지 불만족스러운 마음을 끝내

지우기 힘들게 하는 면모도 있다. 나만 그런 게 아니라 상대도 그럴 테고, 다른 커플도 그렇지 않을까? 그런데 희한하게도 1, 2, 3번이 알고 보면 결국 같은 것이기도 하다.

　　　진영과 나는 나이나 성별 차에 최대한 얽매이지 않는 인간 대 인간의 관계를 추구한다. 서로에 대한 규제나 억압이 거의 없으며, 각자 혼자서도 잘 노는 등 사적 영역을 보장하고 존중한다. 아니, 사실은 내 맘대로 할 때가 더 많다. 때때로 우리 관계는 공평하지 않고 내 위주로 굴러간다. 그럴 때면 '넌 역시 날 있는 그대로 사랑하는구나' 싶어 흐뭇해진다. 그와 있을 때 '내가 가장 나 같다'라고 느껴진다. 나에겐 이런 게 중요하다. 여기까진 1번 모습. 그런데 '이런 남자'이다 보니 개인주의적 성향이 강해서 어떨 때 보면 '헐, 이런 냉혈한이 다 있나' '와 재수 없어' '넌 세상에 좋아하는 사람이 (나 말고) 있기나 하냐?' 싶다. 대체 왜 이렇게 공감 능력이 없을까? 이것이 바로 2번 모습.

　　그다음, 분노까진 아니지만 종종 나를 욕구불만에 빠뜨리는 3번 모습의 핵심은 아이러니하게도 1번과 연결된다. 충격 고백! 나 정예인, 솔직히 가끔은 나이나 성별 등등에 좀 얽매이고 싶다. 그런 핑계로 풀어지고 싶다. 수동적이고 싶다. 거칠게 말해버리면 '연상남과의 연애 느낌' 같은 게 절실히 필요할 때가 있다(페미니즘과 정치적 올바름을 나의 윤리와 정의의 지표로 삼으면서도, 일견 여기에 위배되는 듯한 욕구들 또한 내 안에 동시에 있다). 하지만 진영은 언제나 그냥 인간 아무개일 뿐이다. 상대에 대한 소유욕이 별로 없는 성격은 보기 드문 장점이자 가끔은 한숨 나오는 단점이 된다. 며칠 전, 진영이 퇴근길에 내게 연락해 필요한 것 있으면 사가겠다며 묻는데 '연상남'이라고 대답해버렸다. 근데 자기 얘기인 줄 알고 헤벌쭉한 바보. 아니 너 말고!

남자아이를 키우는 엄마처럼 굴기 싫다. 관계에서의 돌봄과 성장, 결정과 선택은 나에게 무척이나 효능감을 안겨주는 행위다. 상대방도 좋다면 더욱이 잘된 일이다. 그렇다고 해서 언제나 독립적인 주체 행세만 강박적으로 하다 보면 지치고 지쳐버린다. 이렇게 계속 살 수는 없을 것 같다.

하찮긴 하지만, 내가 나름대로 폭발하는 주기가

있다. 말짱한 상태였다가도 때가 되면 도래하는 폭발이다. 어젯밤이 바로 그때여서 진영에게 불만의 카카오톡을 마구 투척했으나, 이놈은 '졸리니까 낼 얘기하장^^'이라는 반응으로 나의 화를 돋웠다. '내가 자고 일어나면 화 다 풀리는 거 알고 이용하는 거야? 세상에서 대화 미루는 게 제일 싫어' 같은 말도 안 통해서 좀 더 세게 나가보았다. 오늘 휴무인 그에게 '너 지금 이대로 자면 내일 나 못 봄. 점심은 물론이고 밤에도 안 봄. 연락도 하지 마라'라고 쓴 뒤 시원하게 전송했다. 근데 돌아온 대답은…… 'ㅇㅋ'.

　　나는 자고 일어나면 분명 화가 풀릴 것이고 그럼 또 심심해서 먼저 연락하겠지만, 그래도 이번만큼은 절대 패턴대로 움직이지 않으리라 수백 번 다짐하며 누웠다. 아침에 일어나니 역시 간밤의 분노는 사그라들었지만, 딱히 심심하지도 않고 오늘 하루는 혼자 잘 보낼 수 있겠다 싶어서 안도했다. 이런 내 마음에 힘입어 진영에게 연락하지 않았을 뿐 아니라, 그의 연락을 씹기까지 했다! 뿌듯하다. 마침내 성공했다.

　　아르바이트가 있어서 나가려고 얼굴에 파운데

이션을 바르던 찰나, 누가 대문을 열고 집에 들어왔다. 진영이 내가 먹을 밥을 사들고 불쑥 온 것이다. 왜 이걸 사왔냐고 타박하면서 싹싹 다 먹고 겉옷을 챙겨 입는데, 내 뒤에서 "이제 카페 가서 기다려야지" 하는 소리가 콧노래와 함께 들려왔다. 화난 여자친구 상태를 유지하던 나는 정색하고 쏘아붙였다. "기다리긴 뭘 기다려?" 머쓱한 표정으로 그가 말한다. "시간이 흐르는 걸 기다려야지 하하." 하여간 결론은 그를 조금 용서하기로 했다. 이번엔 내가 이긴 거 같다. 아닌가?

*

이때로부터 2년 후 우리는 결혼했다. 제법 귀여운 이 에피소드에 내재된 갈등의 씨앗은 사라지지 않고 사랑과 함께 무럭무럭 자랐다. 진영의 순진함과 단순함은 자주 귀여워 보였고 나를 진창에서도 웃게 했지만, 아기의 본능처럼 강렬한 자기중심성과 두려움을 방패 삼은 회피는 내게 반복적인 열패감을 안겼다. 현실을 핑계로 '체념'하면서, 나는 그를 이해하고 있다고 착각했다. 하지만 거기서 더 스스로에게 솔직해지자면, 야금야금 벌어지는 틈을 아주 모르지는 않았던 것 같다. 공허함을 모른 체하려고 웃어넘긴 날이 많았다.

산책의 핑계

서울에서 나에게 가장 익숙하고 편안한 동네는 합정이다. 거기서 (첫) 신혼생활을 시작했고 회사를 다녔고 놀았고 꽤 오래 살았다. 나와 진영은 그 동네를 좋아해서, 첫 신혼집의 전세 계약이 끝나자 바로 길 건너편으로 이사했다. 젊은 사람들이 많이 모여드는 번화가 말고, 우리가 좋아하는 장소는 따로 있었다. 오래된 주택가의 무서울 정도로 으슥한 골목, 벚나무들이 길게 이어지는 길, 한강으로 갈 수 있는 여러 가지 경로, 산책하는 개들이 많이 모이는 장소, 인적 없는 묘지와 공원 같은 곳들.

특히 나는 평일 밤이면 진영에 의해 종종 산책을 '당하곤' 했는데 (그는 매일 제안했고 나는 열 번에 두어 번 응할까 말까 했다) 그와의 산책에는 늘 같은 동네를 돌아다니면서도 새로운 경로나 가게를 발견해내고 예정에 없던 소품을 사거나 커피를 마시는 재미가 있었다. 하지만 내가 밤 산책을 은밀히 좋아했던 진짜 이유는, 그 시간에 우리가 그나마 대화 비슷한 걸 할 수 있었기 때문이다.

진영은 나를 밖으로 데리고 나와 움직이게 만드는 사람이었다. 나는 번아웃과 불안장애와 우울증을 칭칭 두른 채 꾸역꾸역 지내던 나날을 보내는 중이었고, 책임과 의무가 있는 목적이 아니고서야 집 밖으로 몸을 내보내지 않았다(5년째 거의 이러고 있을 줄은 몰랐……다……). 겨우 출퇴근을 하고 나면 녹초가 되었다. 아무것도 못 하겠다는 생각만 들었다.

산책하러 나가자고 할 때마다 번번이 거절당하던 진영은 종종 "맛있는 거 사줄게" "옷 사줄게" 같은 미끼로 나를 꼬드기다가 (성공 확률이 조금 높아졌지만 그래도 절반에 미치지 못했다) 어느 날 무조건 먹히는 제안을 알아내고 말았다.

"우리 걸으면서 얘기하자."

그 한마디면 나는 넘어갔다. 그렇게 따라나선 나와 밤길을 나란히 걸으며 진영은 약간은 긴장한 듯 어색한 목소리로, 어디서 글로 배운 것처럼 질문을 건넸다. "요 즘 어 때? …… 상 담 에 서 는 무 슨 얘 기 했어?"

내가 생각하는 '대화'와 그가 생각하는 '대화'는 아마도 매우 다를 것이다. 거칠게 말하면 우리는 서로 다른 욕구를 갖고 있었다. 언어적인 소통은 진영보다는 내가 요구하는 것이었는데, 나는 진영과 '제대로 된 대화'를 하는 법을 끝내 알아내지 못했다.

진영에게 소통 욕구라는 게 없었을 리는 없다. 다만 무언가를, 특히 그게 깊은 속내일수록 말로 표현하기를 어려워했던 것 같다. 또한 내가 하는 말에 어떻게 반응해야 하는지 몰라 그저 침묵하기도 했다. 벽 앞에 선 것 같아 답답하고 서러웠지만, 그래도 포기하지 않으려고 갖은 수를 다 써보았다. 조금 나아질 때도 있었고 오히려 역효과가 날 때도 있었다. 내가 종용하면 그에게는 강요가 되었다. 자신을 구석으로 몰아가고 무시하는 것처럼 느껴져서 더 피하게 되었을지도, 도망가는 게 습관이 되어버렸을지도 모르겠다. 아마 그에게는 더 적절한 다른 방법이 있었을 것이다.

　　　하여간 나의 복잡한 마음을 나누는 수단으로 '말'을 사용했을 때 원활한 적이 많지는 않았다. 그럼에도 나는 산책 제안에 응하는 것으로 계속 희망과 기대를 품고 기회를 노렸다. 그래서 마침내 바라던 만큼 충만한 대화가 있었나? 없었나? 잘 기억나지 않는다. 마치 이성애식 삽입 섹스만 해온 여성이 본인이 오르가슴을 느낀 적이 있는지, 자신의 경험이 오르가슴이 맞는지 확신하지 못하는 것처럼. 설령 오르가슴을 느꼈다 해도 굉장히 드물게 일어나던 일이라 꿈이었는지 희미한 기억인지 아리송해하는 것처럼…… 그런 흐릿한 느낌만이 남아 있다.

　　　밤 산책을 하던 어느 날, 우리가 좋아하던 아주 아주 작은 카페에 들렀다. 우리 둘 외에는 아무도 없었다. 나는 음악에 귀를 기울이고 있었다. 카페 사장님이 의도적으로 선곡해 틀어둔 음악이 분명했다. 진영은 산책하다가 서점에서 산 책을 펼쳤다(지갑을 집에 두고 나오지 않으면 순식간에 몇만 원이 사라지기 쉬운 무서운 동네다). 이내 그 자리에서 다 읽더니 "너도 좋아할 거 같애"라면서 책을 건넸다. 『우연한 산보』라는 제목이 세로로 적힌 걸 보고 단번에 원작이 일서임을 알았다. 일본은 우리가 가장 많이 함께 다녀온 나라. 둘 다 걷는 걸 좋아해서 동행으로 서로만 한 사람이 없었다. 순식간에 그때의 정서가 떠오르면서, 내 손으로 넘어온 책에 곧바로 호감이 생겼다.

마침 분량도 많지 않았고 앞부분은 만화여서 부담 없이 바로 읽기 시작했다. 만화 뒷부분에는 원작에 관한 이야기가 작가의 말을 대신하여 에필로그 격으로 실려 있었는데, 말미의 두어 단락이 핵심이었다. 인간이란 같이 산책하고 싶어서 결혼하는 건지도 모르겠고, 오래도록 그럴 수 있다면 꽤 괜찮은 인생이 아닌가 한다는 내용이었다. 마무리에 이르러서야 진영이 나에게 이 책을 권한 이유를 알았다. 참 소박하고 따뜻하고 정답고⋯⋯ 야, 근데 이거 너무 미괄식이잖아!

이런 게 진영의 소통 방식인 것이다. 진영은 어

떤 부분에서 '우리'가 겹쳐 보이는 이야기를 좋아했다. 그리고 그런 이야기를 함께 읽거나 시청하는 것으로 나와 교감했다. 결정적인 대목을 읽던 순간에 나 역시 우리가 이 책에서 말하는 바로 그런 관계라고 생각했다. 진영 역시 같은 생각이 들어 그 책을 공유했을 것이다. 관계에 대한 믿음이 서로에게 전해질 때 왠지 안심되고 그다음엔 약간의 아량이 생긴다. 눈을 돌려 우리가 하는 고유한 사랑의 색채에 집중한다, 만족한다, 그게 가능해진다. (잠시라도) (착각과 환상일지라도) (착각과 환상이 아닌 게 있나?)

　　　진영은 내가 강렬하게 원하는 결정적인 부분을 본인이 채워주지는 못한다는 사실도 알았다. 언제나 비어 있음으로써 점점 더 의미심장해지는 공간. 방치하거나 외면하는 방법은 이따금 정신 승리를 불러일으키며 나의 현실에 만족할 수 있게 도와줬지만, 언제까지나 그렇게 두어서는 안 된다는 걸 우리 둘 다 느끼고 있었다. 그걸 어떻게 다룰지 고민하던 중 내가 제안한 폴리아모리 생활에 그가 응한 것도 어느 정도는 그 방식이 나 그리고 우리가 겪는 어려움의 해결책이 될 수도 있다고 생각해서였을 것이다. 내가 행복해야 자신도 행복하기 때문에 나의 행복을 바라는 사람이니까. 운이 좋게도 폴리아모리라는 새로운 방식을 시도하면서 나는 점점 나 자신에게 적당한 균형을 찾아갔고, 그 안에서 꽤 오래 머물렀다.

평범하진 않지만 나에게 안정감을 주는 폴리아모리 관계에 만족하며 그럭저럭 우울을 견디던 어느 날, 갑자기 인생의 한 시즌이 끝나버렸다. 항상 비어 있어서 원래 비워두어야 하는 줄 알았던 자리에 처음으로 누군가가 훅 들어온 것이다. 내가 이 정도로 예상하지 못한 일이 있었나 싶을 만큼. 매우 놀랐고 당황했고 믿기지 않았고 황홀했고 너무 좋아서 겁에 질렸다. 그리고 내가 누구에게든 상처 주기 쉬운 위치에 있다는 진실에 새삼스럽게 얼어붙었다. 그런 나에게 새로 나타난 그 사람은 더 원하고 요구해도 괜찮다고 말했다. 한 번도 해본 적 없는 생각이었다.

그런데 무섭게도, 그런 생각이 한번 들고 나니까 상상하기도 어려운 미지의 길을 (기혼 폴리아모리

보다 더?) 가보고 싶다는 마음이 자꾸 커져갔다. 판타지로나 가능할까 싶던 충족감을 맛본 나는 이 낯선 등장인물을 절대 놓칠 생각이 없었다. 그리고 이 변화는 지금까지 만들어온 균형을 깨는 일이었다. 규칙을 다시 만들어야 했고 협의가 잘 안 되면 규칙을 폐기할 수밖에 없었다. 역시나 선택해야 하는 순간이 닥쳤다. 오랫동안 함께해온 시간, 그리고 약간의 체념이 가져다주는 안락함을 나는 어렵게, 정말로 어렵게 포기했다. 우리는 같은 길을 갈 수 없는 사이가 되었음이 확인되었다. 진영과 나는 이제 상대를 충족해줄 필요가 없다. 지금까지 모두 최선을 다했다.

진영은 나와 함께한 처음부터 끝까지 다른 누구에게도 쏟아본 적 없는 노력을 했다. 주민등록등본과 가족관계증명서에서 서로의 이름을 지우는 것까지 전부 그 노력에 포함된다는 것도 나는 안다. 다행인지 진영 역시 내가 안다는 사실을 알고, 불행인지 나는 그것까지 너무 잘 알고.

　　덕분에 나는 이제 산책을 핑계 삼지 않아도 원

할 때면 언제든 성에 찰 때까지 대화할 수 있는 생활을
뻔뻔히 누린다.

○ **상실과 획득을 동시에 수용하는 과정**

여러 양가감정 사이에 짓눌려 있다.

그리움과 사랑, 죄책감과 사랑, 슬픔과 사랑, 종말과 사랑, 시간과 사랑, 자기혐오와 사랑, 확신과 사랑, 불안과 사랑, 사랑과 사랑……

서정이 잠들어서 다행이다.

들키지 않고 울었다.

법적인 부부 상태를 언제 깰지는 진영과 내게 그렇게 중요하지 않았다. 앞으로 갈라서서 각자의 인생을 살기로 합의하고도 그와 나는 기약 없이 하우스메이트로 함께 지냈다. 아무래도 내가 새로 집을 구해서 나가는 게 자연스러웠을 텐데, 나는 아직 그럴 수 있는 상황이 아니었고 진영은 나에게 준비될 때까지 머무르라고 했다. 그렇지만 모든 게 완벽히 준비된 상황에서만 무언가를 할 수 있다면, 할 수 있는 일이 별로 없다. 계속해서 나는 무일푼이었고 더 눌러앉아 있는다고 방법이 나올 것도 아니었다.

그해 여름, '마더 이슈mother issue'라면 어디 가서 빠지지 않는 서정에게 또다시 부당한 시련이 닥쳤다. 한 번도 자신의 엄마와 떨어져 산 적 없는 서정에게는 여러 번 겪어본 갈등 상황이었을지 몰라도, 나에게는 무척 위험해 보였기에 개입하지 않을 수 없었다. 서정이 엄마에게 폭언을 듣고 있다는 연락을 받고 그의 집으로 찾아간 것이다. 남의 집 일에 나서지 말라는 남의 엄마 말에 내가 사랑하는 사람의 일이라고 응수하며 대거리를 한판 제대로 해버렸다. "맞을래?"라는 소리까지 나오자, "때리세요, 경찰에 신고합니다"라고 답하고서야 사태가 일단락되었다.

그날 이후 서정을 위해서는 그의 독립이 시급하다고 판단한 나는 복잡하게 얽힌 여러 문제를 해결하고자 당장 이사를 가기로 했다. 대책은 전혀 없었다. 아무튼 나와 서정이 함께 지낼 수 있는 집을 구할 수만 있다면 많은 게 해결된다. 우리의 불안 요소를 줄이고 더 안전해질 수 있다.

큰 위기가 닥치면 멘붕이 오는 사람이 있는 반면, 나는 오히려 문제 해결에 혈안이 되어 과하게 각성돼서 용감해진다. 우리가 함께 살 집을 내 능력으로 구하기로 마음을 먹자, 그때부터는 어떻게든 무조건 해낸다는 생각만 했다. 이것만큼은 포기할 수 없다고 생각했던 조건들도 갖다 버렸다. 뭘 고수할 처지가 아니었다. 나로서는 살면서 해본 적 없는 도움 요청을 주위에 했다. 그렇게 한 달 만에 모든 자원을 가동해서 기적적으로 살 만한 집을 구하고, 여러 은행을 수없이 들락거리며 전세자금대출을 겨우 받고, 물리적 난관으로 인한 고난도 이사까지 어찌저찌 해냈다(그때는 눈앞이 깜깜했는데 지금 이렇게 몇 문장으로 요약할 수 있게 되어 천만다행이다).

그러니 앞으로 부부가 아닌 삶으로 향하자고 진영과 이야기한 뒤 4개월이 지나 본격 별거를 시작하게 된 셈이다(이런 식의 전개를 생각한 건 아니었는데, 내 인생은 장르가 대체 뭔지 복선도 없는 반전의 연속이다). 이제 남은 절차는 '진짜 이혼'이었다.

혼인신고는 고민 없이 결혼식 바로 전날에 산뜻하게 했지만, 그걸 끊는 일에는 우리 둘 다 마음의 준비가 필요했다. 사랑은 다른 사랑으로 잊히지 않았다. 서정과의 관계가 안정되고 마음껏 사랑하는 데서 오는 행복과 별개로, 동시에 이별과 상실의 슬픔이 나를 뒤덮었다. 첫 연애 후 16년을 함께하느라 나는 제대로 된 이별 경험도 못 해봤는데, 하필 까르르 웃었던 장면들만 머릿속에서 반복 재생되었다. 진영에게도 현실을 수용하고 가까운 사람들에게 알릴 시간이 필요했고 우리 둘 다 한창 바쁘게 일하는 나날이었으므로 따로 시간도 맞춰야 했다. 같이 살던 집에서 내가 이사를 나오고 또 3개월이 지나서야 우리는 법원에 이혼 신청을 하러 갔다.

우리 둘 다 법원 방문은 처음이었기에 견학 온 학생처럼 두리번거리며 들어섰다. 담당 부서를 찾아갔는데 인적이 별로 없이 휑했다. 이혼 신청 서류를 작성하는 일은 매우 간단했다. 서류들을 제출하면서 괜히 "사람이 별로 없네요" 했더니 창구에 계신 분께서 "아녜요. 원래 되게 많아요" 하며 한 달쯤 뒤의 날짜가 적힌 종이를 건네주었다. 자녀도 없고 합의 이혼이라 아주 일사천리였다.

"이제 여기 적힌 날짜에 두 분이 같이 오시면 돼요. 시간 꼭 지키셔야 돼요."

순식간에 첫 절차가 끝났다. 딱히 실감이 나지

않았다. 처음 해본 일종의 행정 체험이라 그런지 약간 재미있기까지 했다.

철천지원수도 아니고 오랜만에 만났는데 법원 앞에서 바로 헤어지기도 뭣해서 우리는…… 근처에 있는 병원에 같이 가서 나란히 독감 예방 접종을 했다. 진영이 내 몫까지 계산해주었다. 마침 내가 예전 집에 두고 온 전기난로를 진영이 차에 싣고 왔다고 해서 그 핑계로 집까지 차도 얻어 탔다. 당연하게 조수석에 앉았다. 이상하게 좀 들떴던 것도 같다. "와, 이 차 오랜만이다!" 그 자리에 앉으니 확 예전으로 돌아간 느낌이었다. 그간의 일은 다 꿈이고 우리는 다시 부부인 것 같았다.

진영이 음악을 틀었다(우리는 차에서 음악을 틀지 않은 적이 없다). 2000년대 발라드가 메들리처럼 끊이지 않고 나왔다. 어딘가 촌스럽지만 저절로 따라 부르게 되는 노래들이라 반가웠다. 옛날 노래를 들으면 기분이 좋아진다. 옛날 사람이어서겠지. 대체 뭘 튼 거냐고 물었더니 진영 본인이 노래방 선곡용으로 직접 만든 리스트라고 해서 목젖이 보이도록 웃었다. 한참 웃다가 갑자기 너무 익숙한 즐거움이라는 생각이 들어

흠칫 놀랐다. 즐거움은 사라지고 순식간에 슬픔만 남았다. '이제 다 지난 일이구나. 우리 헤어졌지 참.' 티를 내지는 않았다. 계속 가볍게 굴었다. 썩 편치 않은 상황에서 주접을 떠는 데는 자신 있다.

한 달 정도 지나서 지정된 날짜에 법원을 다시 찾았을 때는 전과 완전히 다른 분위기를 마주했다. 양측의 이혼 의사를 확인하고 검사가 최종 승인을 해주는 날이었는데, 세상에나, 법원이 이혼하러 온 부부들로 가득 차 있었다. '이 절차는 이렇게 날 잡고 몰아서 하는구나.' 처음이라 몰랐다. 오픈 런에 온 것인 양 사람들로 바글바글한 풍경이 (나도 그 일원이면서) 우스웠다. 사람이 이렇게나 많이 모인 곳에는 보통 뭔가 즐길 만한 좋은 것이 있기 마련이니, 역시 이혼이 반드시 나쁜 일만은 아님을 알 수 있었다. 나도 모르게 사람들을 관찰하기 시작했다. 충동적으로 결혼했다가 아차 하고 되돌리러 온 것만 같은, 언뜻 봐도 어린 티가 물씬 풍기는 남녀도 있었고 이혼하러 온 것 같지 않게 웃으며 떠드는 사람들도 있었다(사실 우리도 이쪽에 가까웠다).

여기까지 와서도 싸우고 있는 중년 남녀도 있었다.

"당신이 나한테 그러지만 않았어도!"

"그만혀. 우리 이제 남남이여."

내 멋대로 사연을 상상하면서 사람들을 구경하는 일은 재미있었다. 그 와중에 하도 떠드는 사람들이 있어 순번을 호명하던 직원이 여기서는 정숙해야 한다고 주의를 시켰다. 나는 또 웃음을 참아야 했다. 그렇게 대기실에 앉아 있던 중 우리 차례가 왔다. 안내에 따라 작은 방에 들어갔더니 검사 아저씨가 앉아 있었다. 그가 진영 그리고 나의 신원을 확인한 뒤 각자에게 이혼 의사를 물었다. 이 절차를 밟고 있는 상황이 신기하고 어쩐지 또 웃겨서 의도치 않게도 누구보다 밝게 대답하고 말았다.

"정예인 씨, 이혼하실 겁니까?"

"네!"

이날은 의외로 그렇게까지 슬프지 않았다. 부부를 그만두는 거지 너와 내가 사라지는 것이 아니니까. 수고했다는 말이면 충분한 마음으로 마침내 했다, 이혼.

슬픔 목록

○

태어났음. 죽을 수 없음. 죽을 수 있을지도 모름. 진영이 카톡 프로필을 바꿈. 내가 모르는 사진. 예술가 가 되지 못함. 다른 것도 되지 못함. 섹스할 때만 스치는 행복. 내가 나를 볼 수 없음. 기분을 사로잡는 시. 사람 이 갑자기 죽음. 사람이 많이 죽음. 친구한테 연락할 기 운 없음. 오늘 할 일을 다 못함. 즐거웠던 어젯밤. 오랜만 에 의미 없는 대화를 실컷 나눔. 사람을 싫어하지 못함. 그가 약속을 지키려고 했다는 사실. 내가 약속을 지키지 못함. 이해받음. 살아도 되는지 모름. 또 책을 샀음. 아는 게 없음. 오랜만에 튼 CD에서 흘러나오는 가사. 밝고 탁 월한 것과 멀리 있음. 밝고 탁월한 것과 가까이 있음. 내 가 슬프다는 게 비밀임. 내가 아프다는 것도. 비밀이 탄로 나길 기다림. 도쿄와 대구와 경주에서 찍은 사진. 슬픈 사람을 알아보는 것. 소녀들. 너무 큰 웃음. 시간이라는 개념. 시간의 주관적 체험. 누굴 웃기는 데 성공함. 집에 혼자 있음. 말을 많이 함. 사랑받았음. 하고 싶은 게 있음. 매일 먹고 자야 하는 것. 좋아하는 가게들이 자꾸 사라짐. 잘하고 싶다는 생각. 바른 자세로 앉기. 내 한숨 소리를 들음. 눈물 대신 콧물이 남. 마스크 쓰기. 날씨가 화창함. 사진을 많이 찍어두었음. 그림을 다시 그리지 않고 있음. 싸이월드와 이글루스가 없어짐. 먼저 연락하기를 그만두기로 마음먹음. 웅크리는 자세. 어지러움. 혼자가 아님. 끝나지 않음. 모르는 게 많음. 각양각색의 가난들. 할 수 있는 일이 없는 것 같음. 자본주의. 같이 불렀던 노래. 추위. 오랫동안 한결같은 장소. 집 밖에 나가야함. 나에게서 있는 힘껏 도망갔다가 터덜터덜 돌아오던 중 길을 잃음. 정신병. 언젠가부터 사진을 찍지 않음. 빈 유리컵. 새로 산 그릇. 자신 없음. 뒷면에 금이 간 아이폰. 연결됨. 매니큐어가 엉망으로 벗겨지고 있는 손톱들. 대답이 나오지 않음. 익숙한 동네. 반복. 비웃음. 미소. 기억력. 눈. 심장 박동. 체온. 꿈. 내가 나임.

2
끌어당기다
曳引

2부에 실은 글들은 2018년 12월부터 2022년 11월까지 쓴 일기에서 가져왔다. 시간순으로 따지자면 3부 중 가장 과거이며, 지금과 같은 삶을 상상도 하지 못했던 시기의 이야기다(2020년 7월부터 나는 이성 배우자와 동성 애인으로 이루어진 폴리아모리 관계를 맺기 시작하였다. 2023년 1월까지 연인으로 지낸 한이는 나와 먼 곳에 살아서 얼굴을 자주 보지 못했다. 본인의 정체성이나 우리 관계를 주위에 거의 알리지 않은 사람이었기에, 나도 덩달아 조심스러웠다. 이렇게 둘만 격리된 듯한 '섬 연애'는 처음이었는데, 그만큼 만났을 때 보내는 시간이 달았다. 진영과는 2023년 12월에 법적인 이혼 과정을 마쳤다).

일기 일부를 책에 수록하기로 하면서 조금씩 다듬고 보충했지만 모든 맥락이나 전사를 다 넣지는 않았다/못했다. 애당초 어떤 독자를 의식하고 쓴 글들이 아니었기 때문에 허공에 떠 있거나 해저에 깊이 가라앉은 파편처럼 읽힐지도 모르겠다. 혹 어딘가 비어 있다고 느껴진다면, 이 공간에 대해서는 책 밖에서 다른 방식으로 이야기하고 싶다.

최선의 사랑

　　여전히 농담 일색인 상담 15회기를 마쳤다. 상담실에서도 나는 유쾌한 내담자 연기를 한다. 선생님을 웃기면 기분이 좋다. 성취감마저 느낀다. 웃음 없이는 나를 드러내기가 어렵다. 이 이상으로 벗어본 적이 없다. 아, 한 겹쯤은 더 벗을 때도 있다. 웃지 않고 말하기, 그러나 별일 아니라는 듯. 조금은 남 얘기처럼.

　　유머로는 뭐든지 말할 수 있다. 무섭고 슬프고 끔찍하고 진절머리 나는, 그러한 모든 비극은 코미디의 훌륭한 소재이고 원천이다. 그러나 제 발로 찾아와서 심리 상담을 받겠다는 내담자가 상담실 밖에서의 페르소나를 벗지 못한 채로 50분을 보내는 건 약간 돈 낭비 같다. 현재로서 이게 나의 최선이라는 걸 선생님도 다 알고 있을 것이다. 선생님은 그다지 감성적인 타입의 상담사는 아닌 것 같은데 나에게 어쩐지 조심스럽다. 절대 몰아붙이지 않는다. 당연히 사려깊다. 나는 그게 좋으면서도 싫다.

첫눈이 왔다던 날엔 집에만 있었다. 그날은 창밖을 내다보지조차 않았다. 오늘 본 눈이 내겐 첫눈이다.

어제부터 비아그라 스팸 메일이 왜 이렇게 많이 오는지? 저기요, 저는 발기할 좆도 없는 데다 성욕도 없습니다. 타깃 완전히 잘못 잡았다고요! 이번 주에 정신과 의사에게 얘기해서 약을 조절했는데 잠은 계속 못 잔다. 계속 깬다. 계속 악몽을 꾼다. 나는 무서워하고 난감해하고 서운해하고 불안해하고 위축된다. 오랫동안 보지 않은 사람(들)이 나타난다. 새벽마다 성실하게.

　　기혼 여성으로서 약간의 죄책감과 책임감을 느낀다. 내가 원했든 아니든 법적인 남성 반려자가 생김으로써 얻는 사회적·제도적 안정과 자유가 있기 때문이다. 나와 다른 선택을 한 이들에게까지 반드시 확대되어야 할 이상한 이득을 기혼 여성으로서 누리고 있다. 어쨌든 내가 선택한 이 상황 안에서 내 삶이 최대한 훼손되지 않도록 기를 쓰고 애쓰고 싸웠다.

　　작년 한 해에는 '진영의 눈부신 성장'이라는 성과가 있었다. 쓸데없는 자존심과 몽니 폐기, '자기 주도적인' 집안일 수행과 대소사 챙기기 등의 가정 돌봄, 내 가족 및 지인과의 자연스러운 교류, 나의 말을 곧잘 수용하고 성찰하는 태도, 이제 가벼운 페미니즘 콘텐츠로는 뻔하고 시시하다며 성에 차지 않아하는 레벨업, (나 홀로 과하게 지고 있던) 성인으로서의 책임감 공동 장착, 나의 치료 과정에 대한 적극적인 협조와 내조 등이 그 결과다. 그리고 이 모든 건 단지 내가 운이 좋아서, 혹은 그가 순하고 착해서가 아니라 (그런 부분도 있겠지만) 나, 우리가 치열하게 노력해서 얻은 결과였다.

그간 진영을 계몽시킨답시고 이런저런 전략을 다 써보았는데 사실상 가장 효과적인 방법은 다음과 같았다. 친절하게 얘기하거나 알아서 이해해주길 기다리지 말고 밑도 끝도 없이 미친년처럼 구는 것(이때 나는 교양 시민임을 포기한다). 의견을 개진할 기회조차 주지 않고 일방적으로 강요하고 주입하는 것. 그가 한국 남성으로서 내 입장을 미처 고려하지 않은 채 실언하면 망설임 없이 크게 화를 내는 것. 순간적인 에너지는 가장 많이 들지만, 결론적으로 이것만큼 빠르고 유의미한 방법을 아직 못 찾았다. 좋게 말하기? 착하게 굴 생각을 버려야 한다. 이걸 받아들이지 못하겠다면 서로를 잃을 수도 있다는 각오를 품고.

어쨌든 나의 지랄을 (허투루 여기지 않고) 잘 받

아준 그에게는 고맙게 생각한다. 물론 '고마움'을 느끼거나 표현하는 주체는 나여야 한다. 제삼자가 나보고 그에게 고마워하라고 할 수는 없는 것이다. 엄마는 자꾸 "진영이가 착하다" "대단하다" "진영이한테 고맙다" 같은 말만 한다. 내 분투와 노력을 등한시하는 것 같아서 정말 듣기 싫고 짜증 난다. 나도 고마워할 줄 아는데, 엄마가 내게 저런 말을 하면 그에 대한 반론만 제기하느라 나는 어느새 납작하고 못된 년이 되어 있다.

엄마가 나를 이해하고 공감하는 제스처를 먼저 취해주기만 했어도 나는 덜 서러웠을 텐데. 그랬다면 오히려 엄마에게 내 입으로 "그래도 진영이 같은 사람 없지, 고맙지" 하고 말했을 텐데.

짐작건대 나를 제조하는 과정에서 엄청난 실수가 있었을 것이다. '방어' 기능이 누락된 채 완성품이랍시고 던져진 게 분명하다. 그래서 나는 예상하지 않고, 저의를 궁금해하지 않고, 추측하지 않고, 조심하지 않고, 따져보지 않고, 문을 잠그지 않고, 견제하지 않고, 의심하지 않고, 브레이크 없이 돌진한다. 이 이야기의 끝이 어떻게 되느냐에 따라 앞으로 생산될 제품 기능에 변화가 생길 수도 있다.

내가 겁이 없는 이유는 간단하다. 내가 '중요한 존재'라는 근거도, '나'라는 게 중요하다는 근거도 찾지 못했기 때문이다. 그래봤자 최악의 상황은 죽음(혹은 폐기)인데, 죽는 게 뭐 어때서? 다들 불행의 순간마다 나를 호출해 사용한다. 사람마다 다르지만 주로 이런 기능이 인기가 있다. '일단 내 마음 편해지기' '현실적인 조언 구하기' '공감받기' '쏟아내고 개운해지기'.

욕구가 충족되어 가벼운 발걸음으로 돌아가는 당신들의 모습을 보면 나의 쓸모 있음에 어찌나 뿌듯해지는지! 모터가 과열되는 줄도 모르고 효능감에 도취되었다. 그런데 모두 행복해지면 내가 필요 없어질 것이고, 나도 당신 없이 살 수 있게 될 테고, 어차피 그렇게 우리는 모두 헤어질 예정이야.

다들 흩어진 뒤, 나는 발목에 찬 모래주머니를 풀고 막 달리거나 냅다 누워 한참 쉬거나, 하여간 멋대로 가벼워질 거야. 그다음 홀로 무섭고 지치고 심심해지면 당신들을 불러낼 거야. (과연?)

2019. 4. 16.

타인의 상처를 (쳐다보기 괴롭다는 이유로) 봉합하려고 하지 말 것. 불편함이든 죄책감이든 나를 휘감는 고통 속에 겸허히 머무를 것. 감히 내가 먼저 카타르시스를 맛보려고 하지 말 것. 손쉽게 기도하지 말 것. 달게 슬퍼하지도 말 것. 나의 위로에 누구도 위로받지 못한 것처럼 보이더라도, 어서 고마워하라고 혹은 어서 즐거워하라고 종용하지 말 것. 실패를 견딜 것. 충분히 처참해할 것.

어린이날에 그분을 알현하고 입양 신청서에 서명하고 왔다. 그후부터 우울도 불안도 모르겠고, 일기도 시도 안 쓰고 책도 안 읽었다. 온통 그분 생각뿐이다. 그것만으로도 시간을 거뜬하게 보낼 수 있다. 지루할 틈이 없다. 아직 그분이 입주하지도 않았는데 그분을 위한 택배가 매일 열 개씩 도착한다. 얼마를 썼는지 계산은 안 해보기로 한다. 어쩜 이렇게 하나도 안 아까울 수가 있지?

요새 쇼핑몰 같은 데 들어가면 이런 생각부터 든다. 아니, 인간을 위한 가게가 왜 이렇게 쓸데없이 많지? 저게 다 무슨 의미지? 여기가 전부 반려동물 쇼핑몰이라면 나는 종일 머무를 텐데, 그런 건 왜 없어? 맛

없는 인간 식당 대신에 신선한 생식과 습식 사료를 자주 살 수 있는 고양이 밥집이 가까이에 있었으면 좋겠다. 남은 묘생 행복하게 해드려야 되는데, 우리가 잘할 수 있을까? 우리를 좋아해주실까? 벌써 유난 떠는 치맛바람 학부모 같다는 말을 들었다. 그래 맞아. 온실 속의 화초로 모실 거야.

이게 현실이 아닐까 봐 조심스럽고 불안한 마음이 한구석에 있다. 최대한 경거망동하지 않으려고 하는데 자꾸 들썩인다. 나도 모르게 광대가 알아서 승천해 있다. 나에게 이런 좋은 일이 일어나다니, 내가 집사가 된다니 혹시 꿈이 아닐까? 이번 주엔 정신과에 가도 심리 상담에 가도 할 얘기가 없다. 저는 잘 지냈어요. 왜냐면 이제 고양이 가족이 생기거든요!

연지連枝는 나와 진영이 붙여준 이름이다. 한두 살로 추정되는 코리안 쇼트헤어 삼색이 여아. 어떤 이유에선지 김포에 있는 마트 주차장에서 지내다가, 차들이 많이 오가는 환경에서 지내는 것이 위험하다고 판단한 분에게 구조됐다(연지와 함께 다니던 고양이 한 마리가 사고를 당해 떠났다고 한다).

원래는 낯도 가리지 않았고 부르면 달려 나오는 개냥이라 동네 사람들의 사랑을 한몸에 받았다는데, 구조된 이후 여기저기 임시보호처가 바뀌어서 예민해진 상태였다. 처음에는 사람을 좋아하니 어린이가 둘 있는 가정집으로 보내졌는데, 전에 어린이에게서 트라우마가 생길 만한 경험을 했던 모양인지 어린이를 극도로 무서워해서 다시 임시보호처로 돌아왔다.

임시보호자 가족이 충분히 예뻐해주었지만, 그 집에는 이미 다른 고양이 두 마리가 살고 있었기에 그러지 않아도 예민해진 연지는 고양이들을 경계하느라 작은 방에서 나오지 않았다. 생전 하지 않던 하악질까지 했다고 한다. 게다가 임시보호자가 중성화 수술을 시켜주려고 병원에 데려가서 배까지 다 갈랐는데 아무리 헤집어봐도 자궁이 없는 걸 보고서야 이미 중성화가 되어 있다는 걸 알았다고 했다. 중성화된 다른 길고양이처럼 귀 커팅이 되어 있지도 않았고, 배에 흉터도 없어서 수의사도 짐작하지 못한 것이다. 진작에 인간에게서 버려진 경험이 있었음을 그로 인해 알게 되었다. 그것도 사람 손을 탄 거라고, 사람을 너무 잘 따르는 고양이.

이러한 일들로 연지는 특히 최근 한두 달간 고생이 많았다. 불안정해지고 위축됐다. 그때 나와 진영이 연지를 입양했다. 불쌍해서 데려온 게 아니고, 연두색 눈의 매력에 빠져서 홀린 듯 데려왔다. 보자마자 '얘랑 같이 살아야겠다'는 느낌이 들었다. 연지는 아직 쫄

보긴 하지만 애교가 많고 스킨십에 약하다. 다른 고양이들과 지내던 임시보호처에서는 눈에서 레이저가 나왔는데, 우리 집에 오니 완전히 아가다. 순하고 얌전하고 아주 잘 잔다. 처음 써보는 낯선 화장실도 잘 간다. 조용히 조심히 돌아다니고 물건도 절대 건드리지 않는다. 너무 착해서 안쓰럽다. 우리 집을 더 당당하게 마구 활보하게 해주고 싶다. 자신만만한 고양이로 키우는 것이 우리 부부의 목표다.

연지의 시선으로, 연지의 입장에서 세상을 보려고 노력하게 된다. 아니다, 노력하는 게 아니고 저절로 그렇게 된다. 그러고 나니 더더욱 맘에 안 드는 것들이 눈에 많이 띈다. 요즘 우리는 집안일에 두세 배는 열심인데, 연지가 뭘 더럽혀서가 아니라 연지가 최대한 위생적인 환경에 머물도록 하기 위해서다. 연지에게는 인간이 상상도 못 한 구석을 찾아내서 숨는 능력이 있기 때문에 곳곳의 먼지를 미리 사려 깊게 닦아두어야 한다.

집에 있는 동안에는 물도 수시로 깨끗하게 갈아주고 연지가 화장실에 일을 보는 즉시 출동해서 바로 치운다(주로 새벽이다). 나 챙기는 건 힘들어도 연지를 챙기는 건 하나도 힘들지 않다. 이렇게 우리 딸 연지를 돌보느라 요즘 다른 데 신경 쓸 겨를이 없었다. 연지 얘기 말고는 쓸 것도 없었다. 이제 겨우 만 사흘을 보냈는데 석 달은 함께한 느낌이다. 이토록 집중해서 한 생명에게 몰입한 건 처음이다. 연지가 잘 존재할 수 있도록 하는 데 모든 에너지를 쏟고 있다. 그럼에도 소진되기는커녕 소생하는 기분이 들어 신기하다. 내 사랑에는 불변하는 총량이 없는 것만 같다. 한 마음을 나누어 쓰는 게 아니라 새 마음을 만들어낸다.

    원래도 그렇지만 요즘엔 더더욱 고양이가 된 기분이다. 왜냐면 나는 그저 존재만으로도 효도라서…… 효도라는 말은 웃기다. 아니, 안 웃기다. 이상한 말이다. 이럴 때 또 직업병처럼 굳이 국어사전에서 정의를 검색해보는데, 역시 이해가 안 가. 섬김? 도리? 다행히 우리 집에서는 다들 효도라는 말을 농담으로만 쓴다. 그걸 보니 웃긴 말이 맞긴 맞나 보다. 어릴 때 유치원에서 배운 어떤 노래에 "효도하며 살래요"라는 가사가 있었는데 아빠는 그걸 불렀던 어린이 삼남매를 회상하며, 특히 남동생을 아직도 종종 놀린다.

    "너 효도하고 산다고 한 거 기억 안 나?"

    "지는 불효자여유."

엄마 아빠는 둘 다 자식한테 별로 바라는 게 없는데 (솔직히 있을 수도 있지만 요구하지 않는다) 그 부분에 대해서는 점수를 후하게 주고 싶다. 특별히 뭘 하지 않아도, 가끔 만나 얼굴만 보여줘도 좋아하는 것 같다. 자식이란 원래 그런 거니까. 내가 원하지 않았는데 그들이 나를 낳았고, 내가 태어났을 때 그들은 '건강만 해다오'라고 생각했을 테니까. 그래서 나는 효도를 하지 않고 그냥 존재한다. 존나 쉽다, 아니다, 그것도 쉽지는 않다. 절대 안 쉽다.

나한텐 우리 연지가 바로 그렇지! 며칠 전에 진영이 "우리 연지는 어쩜 이렇게 이쁜 짓만 골라서 할까?"라고 하길래 궁금해서 쳐다봤더니 글쎄, 놀랍게도 연지가 아무 짓도 안 하고 있었다…… 연지는 완전 얼음처럼 가만히 있었는데…… 이렇게 나날이 이성이란 걸 잃어가고.

최선의 사랑

어제 연지 손톱(정확히는 앞발톱)을 깎으려다 거부당했다. 연지는 내 몸에다가 꾹꾹이를 자주 그리고 굉장히 열심히 한다. 따라서 연지의 손톱 관리는 사실 인간의 피부를 보호하려는 목적이 크다. 앞발을 숨기고 스크래처 박스에 자리 잡은 연지를 물끄러미 쳐다보다가 나도 모르게 말했다. "그래, 너 하고 싶은 대로 다 해. 싫으면 싫다고 하고, 떼쓰고 투정 부리고 화내고 다 해. 엄마가 알아서 할게. 끝까지 책임질게." 말하고선 순간 울컥했다. 내가 받고 싶던 게 이거였나? 나를 배려할 필요도 철들 필요도 없는 정연지. 자기주장 강한 고양이로 내 곁에 있어주면 좋겠다. 나는 연지보다만 오래 살면 된다.

열아홉 살에 음대 입시생을 그만두고 나서 '그럼 나 뭐하지?' 하고 생각했을 때, 단박에 떠오르는 건 오직 영화였다(씨네필은 아니고, '비디오 가게에 가면 안 빌려본 게 없는 애' 출신이다). 당시 내가 아는 여성 감독은 거의 없었다. 임순례 감독 정도? 이건 여자가 하기 힘든 일인가 보다 싶었다. 고민이 시작됐다.

내가 나중에 당연히 아이를 낳을 것이며 육아도 직접 할 것이라는 시나리오는 왜인지 이미 결정된 사안이었다. 그걸 전제로 삼고 영화 일과 육아 중 나에게 무엇이 더 중요할지 저울질해봤더니, 영화가 밀렸다. 도저히 다 병행할 순 없을 것 같고 현실적으로 각이 안 나오는데 왠지 당장 뭘 하나만 택해야 할 것만 같았고, 그 결과 실제로 있지도 않은 아이를 선택한 것이다. 맙소사! 아이를 낳지 않는다거나, 적어도 내가 육아를 전담하지는 않는다는 선택지가 당시 내게는 아예 없었다(결혼을 안 한다는 선택지는 있었으면서 왜 그랬는지?).

이후 나는 결혼했고 아이는 낳지 않기로 했으며, 내가 되리라곤 망상조차 해본 적 없는 '회사원'이 되었다. 영화의 꿈을 금세 접은 것에는 후회가 없지만 (다행이라고 생각하는 쪽에 가깝다) 거기에 이르는 데 큰 영향을 미친 사고 과정을 되살려보니 처참하다. 접은 게 아니라 펴볼 생각도 안 했던 다른 항목들까지 꼽아보면 다시 새로 살고 싶어질 지경이다. 안 태어나는 길을 최우선으로 치는 인간임을 감안하면, 다시 살고 싶어진다는 것은 내게 엄청난 일이다.

억울한 기분이 드는데 누구한테 화를 내야 할지 모르겠다.

「벌새」를 볼 때, 나는 울지도 웃지도 못하는 어
정쩡하고 멍한 관객이었다. 영화를 보다 사람들이 웃
는 포인트에서 이렇게까지 의아한 적은 처음이었다.
몇몇 관객들이 웃을 때마다 나는 놀라서 충격에 휩싸
일 정도였다. '여기서? 왜? 뭐가?'

「벌새」를 보았다는 회사 상사에게 이 얘기를 했
더니 본인도 자주 웃었다고 했다. "애들이 너무 귀엽잖
아"라며 몇 장면을 이야기하는데, 들어보니 나에겐 하
나같이 심각했던 장면이었다. 밈으로도 쓰이는 명대사
"언니, 그건 지난 학기잖아요"에서 나는 은희가 되어 상
처받았다. 그렇다고 울 수도 없었다. 나는 십 대 여자애
들 이야기에 유독 약하다. 나도 십 대 여자애인 적이 있

으니까. 그 시기가 내게는 시간이라기보다는 지옥 같은, 일종의 장소로 느껴진다. 매섭게 춥고 어둡고 외로운. 영화에 십 대 여자애들이 나오면 마음이 편치 않지만 동시에 그런 이야기들에 끌린다. 내가 보아야만 할 것 같다. 내가 들어주어야 할 것만 같다.

영지 선생님의 명대사 역시 '정병러'인 나로서는 받아들이기 힘들었다. "힘들고 우울할 땐, 손가락을 봐. 그리고 한 손가락, 한 손가락 움직여. 그럼 참 신비롭게 느껴진다? 아무것도 못 할 것 같은데 손가락은 움직일 수 있어." 뭐라고? 힘들고 우울할 땐 손가락도 움직일 수 없어! 아무것도 못 해!

영화를 보며 훌쩍이는 사람이 많았지만…… 연민이든 위로든 공감이든, 뭐 그런 걸 할 수 있을 정도의 거리감이 나에게는 확보되지 않은 것 같다. 아직 나는 은희에게도 그 나이쯤의 나에게도 무슨 말을 할 수가 없다.

언제나 미흡한 대답. 침묵이라는 공백에서 생략을 읽어내려는, 어쩌면 무용한 일. (생략은 없어. 보이는 게 다야.) 1퍼센트의 가능성에 기대를 걸고 절규한다. 0이 되면 죽는다.

영화 「82년생 김지영」의 하이퍼리얼리즘에 스트레스 받느라 몇 번이나 의식적으로 호흡을 가다듬으며 겨우 보던 중, 한 장면에서 눈물이 싹 들어가고 정색하게 됐다. 친정엄마가 등장하는 부분이었다. 영화 흐름상 친정엄마 장면이 신파 포인트인 것 같았지만, 나에겐 너무 현실감이 없는 대목이어서 오히려 짜게 식었다.

"아니, 네가 그렇게까지 힘들 일이 뭐가 있다고." "○○ 정도면 훌륭한 남편이지." "원래 다들 그렇게 살아." "시댁 가서 잘하고 왔니?" "딸 가진 부모 맘이……." "이게 다 널 위해서……." 이런 말들은 일절 하지 않고 무조건 결혼한 딸(심지어 둘째 딸) 편에 서서 묻지도 따지지도 않고 이해하며 지지해주는 엄마라니. "우리 땐 그랬다. 어쩔 수 없었다"에서 끝나지 않고 "너는 절대 그렇게 살지 마. 나대. 더 나대!" 북돋는 엄마라니. 나에 겐 판타지처럼 느껴져서 영화가 끝나고 나서도 한참 동안 우울했다. 그리고 영화 중간중간 하나도 웃기지 않은 장면에서 자꾸 웃는 남자들이 거슬렸다. 이게 웃겨? 재밌어?? 자기 일이 아니어야만 웃어넘길 수 있는 장면들. 울화통이 터져서 얼른 공감해줄 친구들을 만나 마구 떠들고 싶어졌다.

　　사라지는 꿈을 꾸었다. 내 집에 분명히 나 말고 다른 사람(성인 여성)도 다른 동물(고양이)도 있었는데, 모든 게 꿈속 나의 망상이었다. 사람도 고양이도 하나둘 없어지고 나서야 진작부터 그들이 존재하지 않았다는 사실을 알았다. 음, 이때의 감정은? 슬픔 80, 안도감 20. 그들에게 내가 굉장한 애착과 연민을 가졌기 때문에 슬펐고, 안도감은 이미 슬픈 그들의 삶이 애초부터 없었다는 데서 왔다. 그들이 존재하지 않는 게 나에게는 슬픈 일이지만, 그들에겐 더 편안할지도 모른다고 생각했다.

　　그다음엔 그들뿐 아니라 나도 죽었다는 걸 깨달았다. 길을 걷던 다른 사람들(내 친구들로 추정된다)이

내 이야기를 하고 있었는데 그들의 눈에는 바로 옆에서 함께 걷고 있는 내가 보이지 않는 듯했다. 그 사람들은 길을 걷다가 "저기가 걔가 살던 집이잖아" 하며 폐허가 되어버린 낡은 건물을 가리켰다. 손끝을 따라가 보니 나의 집이었다.

사라지기, 잃어버리기, 떠나기, 단절하기. 그리고 겁에 질리기. 꿈에서 반복적으로 겪는 일.

가장 가까운 사람들만이 나를 죽일 수 있다. 잠재적 살인자들을 품에 안고 살아가는 나는 할 말이 없다.

연지의 있음을 볼 때 나는 동시에 연지의 없음
을 본다. '연지 있음 필터'에도 수명이 있다는 소식이 벌
써부터 도착해 있다.

한 달 휴직에 돌입했다. 토하듯이 그렇게 되고 말았다. 쉬는 일은 내 선택지에 없었고 현실적으로 불가능하다고만 생각했는데, 그날은 여기가 낭떠러지구나 싶었다. 출근해 앉아 있는데 나간 넋이 돌아오지 않고 숨쉬기가 힘들었다. 바로 사장에게 면담을 신청하는 메일을 보냈고 1분 만에 나를 호출하는 전화가 왔다. 그간 '밝고 일 욕심 있는 캐릭터'를 잘 유지해왔지만 그런 걸 따질 때가 아니었다. 이런 모습을 상상도 못 했을 사장에게 "사실 저 정신병자인데 요즘 상태 안 좋아서 죽을 거 같아요"라는 말을 최대한 사회적인 교양인의 언어로 털어놓으며, 좀 쉬어야 할 것 같다고도 말했다. 요청은 바로 수용되었다. 결정이 빠른 사장과 빠릿

빠릿한 직원이 만나니 역시나 일사천리로 절차가 진행된다. 다만 정신 건강을 사유로 병가를 낸 선례가 없으니 진단서를 제출해줄 수 있겠냐고 하여 그날 점심시간에 바로 정신과에 가서 우울증과 불안장애라고 적힌 진단서를 떼어왔다. 그리고 이튿날 하루 내내 미친 듯이 인수인계를 한 뒤 바로 휴직에 들어갔다. 내 인생 최대의 민폐인 것 같아 무척이나 고통스러웠지만, 일단 살려면 그것밖에 방법이 없었다. '다시 일을 좋아하고 싶다. 잘하고 싶다. 그러기 위해 잠깐 멈춘다.' 예전의 나라면 절대로 할 수 없을 결정.

일주일도 안 됐는데 기분은 오르락내리락. 불안하고 초조했다가 늘어졌다가 방치당한 기분이 들었다가(누구에게?) 밥값 못하는 쭈구리가 된 것 같아 서러움에 눈물이 줄줄 났다. 맘 편히 쉬는 거 어렵구나. 나로 살아가는 건 괴롭구나. 요새 책도 읽지 못한다.

오픈릴레이션십이란 뭘까. 진영에게도 얘기했지만, 생각지도 못한 (사실상 잘 모르는) 사람에게 갑자기 열렬히 사랑받고 있다. 주위에선 좀 걱정하지만, 일단은 잠시라도 그 안락한 세계에 도피해 있고 싶은 마음이 든다.

뭘 안다고 다짜고짜 내가 좋다는 걸까? 하여간 보호받는 아이가 된 기분이 든다. 왠지 좋은 일 같다.

　　너무 많은 일이 한꺼번에 일어나는 여름이다. 내 몸 어딘가에 각인되는 여름이다. 나의 이상함을 확인하는 여름이다. 오랜만에 그네 타는 시간으로 돌아와버린 여름이다. 이 휴가가 끝나면 모든 게 꿈처럼 흐릿하게 날아갈까? (그럴 것 같아서 이렇게나마 기록한다.) 이후에 나는 어떻게 살게 될까? 조금이라도 달라질까? 나아질까? 전력 질주하지 않고 오래오래 씩씩하게 걷고 싶다.

최선의 사랑

　글을 통해서 만나는 그 사람은 얼마만큼의 그 사람일까? 누군가의 글에서 내가 읽어내는 그 사람은 얼마나 그 사람일까? 대면해서 이야기를 나누는 게 아닌 다른 방식으로 이루어진 대화들은 오히려 깊은 곳에 들어 있을까, 아니면 허공에 떠 있을까? 알 수 없기에 무섭지만 나는 언제나 공포의 한가운데로 걸어 들어간다.

　한이와의 대화는 거의 카카오톡을 통해 이루어진다. 우리는 서로 멀리 있다. 한이의 텍스트는 나를 흔든다. 무언가를 기대하게 되어버린 것 같다.

한 것도 없는데 왜 힘들어? 이런 말을 내가 나한테 또 한다. 숨 잘 쉬는 거 어렵다. 자주 까먹는다, 숨 쉬는 걸.

아름다운 순간이 매일 잠깐이나마 있는데, 나는 그것을 자꾸 가짜라고 생각한다. 아름답기 때문에.

    한이는 내가 마음대로 뒹굴어도 되는 정원 같은 사람. 나는 마음껏 퇴행한다.

    좀 더 적극적으로 불안을 통제해보겠다. 무서울 게 뭐가 있어? (너무 자세히 생각해보지는 말 것.) 이제부터는 나를 속이기 위해서가 아니라 나를 납득시키기 위해서 "괜찮아"라는 말을 사용할 것이다.

진영이는 가끔 한이의 안부를 묻고, 한이가 보
내준 아이스크림이나 초콜릿을 냠냠 맛있게 먹고, 내
가 방에서 한이랑 몇 시간씩 통화하면 문을 열고 씩 웃
으며 쳐다보고서 다시 문을 닫고 나가곤 한다. 오픈릴
레이션십과 폴리아모리에 대해서 요즘 자꾸 말하고 싶
어진다. 왜냐하면 많은 사람이 이런 관계를 이해하지
못하고, 나는 나를 비롯한 타인을 납득시키고 싶어하
는 사람이니까. 어쨌든 지금 나한테는 이 상태가 너무
나도 제격이다. 가능할지도 모른다고 생각하는 순간부
터 비로소 가능해지는 일들이 아주 많아.

　　나를 안 지 얼마 안 되었는데도 한이는 나를 잘 보살핀다. 때로는 그렇게까지 걱정할 게 뭐 있나 싶을 정도로 과하게 염려하는 것 같지만, 내가 위험에 빠질 만한 지점을 본능적으로 잘 파악할 때도 많다. 상담 선생님과 한이가 무언의 티키타카를 하며 양쪽에서 나를 크로스 체크한다는 느낌도 든다. 무탈하고 안정적이진 않더라도 안심할 장소가 있는 일상. 흔들릴 때는 어디로든 넘어지지 뭐.

기다리던 것 중 일단 2021년은 왔다.

내일모레 도착 예정인 애플워치,

구체적으로 계획하지 못한 여행,

연이 끊겼는데 자꾸 꿈에 나오는 사람들,

시를 쓰고 마는 마음,

나를 위해 요리하는 나,

밤늦도록 이야기 나누고도 후회하지 않는 것,

엉엉 울어버리는 일,

뭉근한 사랑.

어제 진영이랑 다큐멘터리 「피의 연대기」를 보았다. 보편적으로 잘 말해지지 않는, 여성의 월경을 주제로 다룬 작품이다. OTT 서비스에 올라온 것을 보고 기뻤다. 김보람 감독님, 사는 동안 적게 일하고 많이 버시길. 이 다큐멘터리를 진영이랑 봐서 더 좋던 것 같다. 음, 뭐가 좋았냐면, 나조차 잘 몰랐던 여자 몸의 세계를 알아가는 여정에 진영이가 같이 있는 게 좋았다.

　　2주 전 주말에 한이와 걷던 길을 지난 주말에 진영이랑 걸으면서 쫑알댔다. 한이한테 자꾸 진영이 얘기하고 진영이한테 자꾸 한이 얘기한다. 왜냐면 재밌어서! 나는 즐거우면 아주 수다스러워진다. 아주 다른 두 가지 사랑, 아니, 주고받는 것까지 포함하면 모두 네 가지 사랑을 느끼고 만지고 들여다본다. 떨어져서도 보고 내버려두어도 본다. 같은 사랑은 하나도 없는데 전부 좋다. 다양하게 사랑하는 법을 익히고 있다. 정확히 말하자면, 그래도 괜찮다는 것을 깨치고 있다.

　　누구도 서로를 해치지 않는다. 진영과 한이는 만난 적이 없지만 나로 인해 어쩔 수 없이 일종의 공동체로 연결되어 있다. 한이는 진영이 나한테 잘해주길 바라고, 진영도 한이가 나한테 잘해주길 바란다. 둘 다 내가 다른 상대에게 '사랑을 받은' 이야기를 기꺼워한다(반대로 A 때문에 서운했던 이야기를 하면 B는 조심스레 성을 낸다. 모든 이야기를 모두에게 전하거나 공유하지는 않는다. 누구에게나 노출되기 싫은 부분이 있고, 듣기 싫은 이야기도 있기 마련이므로 신중해야 한다).

그레이 에이섹슈얼의 사랑 이야기를 '내가 직접 그렇게 살아가는' 방식으로 쓰고 있다. 그러면서 배운다. 나 자신으로 인해 배우는 게 진짜 많네. 나 좀 짱인 듯? 사랑에서 연애와 섹스, '연애'와 '섹스'라는 단어, 그리고 연애와 섹스를 구성하는 요소들을 빼도 충분할 수 있음을 깨쳐간다. 충분한 정도가 아니라 1000일 밤 동안 이야기할 수 있을 만큼 다양한 사랑이 있다. 우주가 팽창하듯 사랑의 세계가 확장되어간다.

　　사랑할 사람이 너무 많았다. 누가 줬는지 모르겠지만 사랑할 기회가 양 주머니에 한가득 들었다. 과분함에 응답하는 방법. 순진하게 살아가야지. 녹차 아이스크림에, 순대에 촛불 켜는 그런 사랑을 받았으니까. 나는 호 불었으니까.

　　주민현의 시집 『킬트, 그리고 퀼트』를 다급히 사서 읽고 있다. 이 시집을 엄마가 추천했다는 점이 의미심장하고도 (좋음에 가깝게) 이상하다. 나는 모든 항목에 가위표를 치지는 않으려 노력한다. 의아함은 일단 그대로 둔다.

　　날이 갈수록 점점 더 엄마를 이해할 수 없게 된다. 분명 나도 나이 들고 있는데, 그는 나보다 더 빠른 속도로 늙는 것일까? 모든 논리를 잃었을 때 엄마가 꺼내는 주문이 내게는 저주처럼 들린다. "너도 엄마 돼봐라. 엄마의 마음이라는 게 그런 거야." 예전에는 이런 말도 들었다. "너도 결혼해서 살아봐." 이런 말을 꾸준히 들으면 비관에 절여진다. 나는 그 말들이 퍽 두렵고 끔찍해서 그가 해보라는 것들은 죄 하기 싫었다.

그래서 어떻게 됐을까? 지금까지 나는 그 말이 틀렸음을 증명하며 살아왔다. 다르게 살았고, 다르게 살 수 있다는 자신감을 스스로 획득했다. 그가 '이론'일 뿐이라고 주장하는 일들이 내겐 일상이고 삶이 되었다. "자식이 주는 기쁨은 그 무엇에도 비할 수 없어." 이 말에서도 나는 최선을 다해 있는 힘껏 멀어질 것이다. 다른 길로 아주 멀리 갈 것이다.

시집은 좋다. 이 시집이 왜 좋았는지 엄마와 조만간 이야기를 나누어볼 수는 있을 것 같다. 그러면 비워둔 칸에 동그라미가 하나쯤 생길 수도 있을 것이다.

이번 선거에서 20대 여성의 15퍼센트가 1번과 2번이 아닌 '기타' 후보에게 표를 던진 것에서 유일한 희망을 본다. 나는 이들이 나에게서 멀어지길 바란다. 그 일을 기꺼워하며 늙어가고 싶다.

　　수많은 책이 교차하는 지점에 내가 서 있다. 아직 출간되지 않은 책도 책이라고 부를 수 있다면 말이다. 계약된 지 n년이 된 책, 다음 달에 마감할 책, 다음 달에 새로 작업 들어갈 책, 올 하반기에는 출간해야 하는 책, 이제 막 계약한 책, 꼴이 만들어지기 시작한 책, 아무리 상상해도 꼴이 그려지지 않는 책, 원고가 들어오기를 가만히 기다리고 있는 책, 틈틈이 저자에게 집필을 독촉하는 책, 내용은 재미있지만 만들기는 어려운 책, 아직 파악이 완전히 되지 않은 낯선 책, 회사 안에서 만드는 책, 회사 밖에서 만드는 책…… (괜히 썼다. 나열하고 보니 마음이 더 초조하고 답답해졌는데 아까워서 일단 안 지운다).

세상에는 같은 책이 없고, 나는 매번 신기할 정도로 눈앞이 깜깜하고 두렵다. 똑같은 책을 두 번 만들어본 적 없으니 언제나 초짜이고 신입인 기분이다. 하지만 "엄마도 엄마가 처음이라" 같은 말로 핑계 대기는, 으아악, 정말 싫고! 직업인으로서 나는 돈 주고 살 가치가 있는 무언가를 만들 의무가 있다. 그래서 오늘도 열심히 고민하였다. 흰머리가 나날이 늘고 있다. 목 뒤가 뻐근해져온다. "이번 책은 사실상 레퍼런스가 없고, 작가의 전작과도 결이 다르고 어쩌구저쩌구……" 그렇게 편집자 자의식에 잠식되어 비장하게 떠들었더니 존경하는 동료 선배님께서 말씀하셨다.

"이것도 여러 책 중 하나예요. 하던 대로 합시다."

하! 퇴근하자. 매일 실패하는 기분을 견디면서.

저녁 먹고 커피 마시면서 진영에게 말했다. 그가 내가 하는 일들 그리고 나의 세계를 적극적으로 응원하고 지지하는 사람이었으면 좋겠다고. 진영은 왜인지 머쓱해하며 "지지합니다!"라고 말했다. 나 참. 그래 이게 최선의 대답이겠지.

하고 싶은 일이 많은 나에게는 내적으로 충만해지는 시간이 꼭 필요하다. 그에 비해 진영은 그저 나랑 (붙어) 있고 싶어한다. 그는 물리적으로 나와 한 공간에 있기만 해도 만족하는 반면 나는 그것보다는 연결감, 통하는 느낌, 서로를 향한 관심 같은 것에 매달린다. 진영은 나와 자전거를 타고 싶어하고, 나는 진영과 같은 책을 읽고 대화를 나누고 싶어한다. 그래서 일단 그런 것들은 다 미뤄두었다. 대신 우리는 영화를 보기로, 그리고 함께 연주할 곡을 정해서 연습하기로 했다. 그것은 우리가 할 수 있는 일이고 비교적 빨리 시도해볼 수 있는 일이다.

　　나는 한이가 애인으로서 좋다. 당연하게 느껴지는 일이 아니기 때문에 굳이 쓴다. 한이에게 이메일을 받을 때마다 그 메일을 동네방네 자랑하고 싶어진다 (물론 그렇게 한 적은 없지만). 나는 한이의 문장이 특별하다고 생각한다. 나는 한이의 문장을 너무나도 좋아한다. 한이가 내 이름을 부를 때 좋다. 생각해보니까 한이는 나에게 '너'라고 한 적이 한 번도 없다. 그래서 나는 빈번히 좋다.

　　한이는 내가 한 말을 나보다 잘 기억하고, 내 일정까지 줄줄 꿰고 있다. 무슨 요일 몇 시에 회의하는지는 기본이고, 그 이상으로 세세한 내용까지 기억하는 수준이다. 내가 놀라며 "어떻게 알았어?" 하고 물어보면 "자기가 얘기해줘서 알지요" 하고 답한다. 내가 그런 것까지 말했던가? 근데 이상하다, 분명 한이는 자기가 기억력이 나쁘다고 했는데.

나는 항상 제일 마지막으로 잠드는 사람이었다. 그 누구도 나를 재운 적이 없었는데 요즘의 나는 한이 목소리만 들으면 금방 스르르 잠든다. 요새는 약을 먹어도 한 시간 이상 잠이 안 오는데, 한이랑 통화하다보면 나도 모르는 사이 잠들어버린다. 매일같이 스피커폰으로 통화를 했더니 이제 연지도 한이의 목소리에 익숙해진 것 같다. 연지도 한이를 안다는 게 좋다.

나라는 존재 전부를 언제나 꽉 안아주는 애인 덕분에, 세상을 향해 서 있는 나는 괜히 자랑스럽다. '세상 사람들, 나한테는 이런 사람이 있거든요?' 이런 마음.

언젠가 한이에 대해 엄마에게 말하고 싶다.

무휴

버튼이 잘 눌리지 않는다
버튼이 잘 보이지 않는 곳에 있다
버튼이 없다

사용설명서는 7개 국어로 되어 있다
나의 모국어는 포함되어 있지 않다

옆집 문을 두드렸는데 아무도 나오지 않는다

　　진영이가 어제부터 며칠 동안 집에 없을 예정이다. 진영이가 없으니 집 안이 더 어질러지지 않고 화장실도 뽀송하다. 시끄럽게 유튜브 틀어놓는 소리도 들리지 않고, 배가 안 고픈데 구태여 같이 뭘 먹어야 하는 일도 없다. 아침에 나를 깨워주고 회사에 데려다줄 사람이 없어서 조금 걱정했지만 오늘은 다행히 잘 일어나 출근했다. 집 아닌 곳에서 진영이가 종종 내 생각을 한다면, 이 정도쯤은 쓸쓸해도 좋다.

　　머리가 길어서 페미니스트가 아니라고 오인받을까 봐 걱정된다고, 후배가 말했다. 나도 그래. 결혼했다는 이유로 퀴어가 아니라고 오인받아서 억울해. 나는 경계에 서 있거나 동일시할 수 없는 곳에 소속되어 있

거나 아군에게 욕을 먹으며 적군과 싸우거나 하는 식
으로 산다. 그러므로 아무에게도 이해받지 못한다. 유
성애와 모노가미와 이성애의 세계에서 내가 나라고 아
무리 말해도 그것은 묵음이 된다. 내가 조심하기도 전
에 알아서 음소거된다. 그럴 때 나는 언뜻 의심의 여지
없이 정상성에 안락하게 속한 것처럼 보이는데, 사실은
그렇지도 않을뿐더러 그걸 원하지도 않는다.

　　"나랑 같이 갈까."

　　낯선 길, 처음 가보는 길을 가는 게 아니라 길 아
닌 곳, 길 없는 곳에 덩그러니 놓여 있다가 이 말을 듣고
엉엉 울었다. 그런 말은 생전 처음 들어보는 종류의 것
이었다.

대개 혼자 있다. 요샌 혼자 있는 시간을 예전만큼 충만하게 즐기지 못하는 것 같다. 설 연휴 첫 사흘을 완전히 혼자서 보낼 예정이었는데, 그래서 신이 날 줄 알았는데, 도저히 혼자 못 있겠다는 기분이 나를 덮쳐서 아주 난감하고 당황했다. 이런 적은 난생처음이었다. 목에 계속 울음이 걸린 상태로 패닉에 빠졌다. 첫날 밤엔 온라인 번개로 구글미트 채팅을 열고 사람들을 모아 떠들었다. 그다음 날에는 먼 곳에서 구원자처럼 한이가 나타나서 1박 2일을 함께해줬다.

그러고 나니 혼자 자기 본가에 갔던 진영이 돌아왔다. "난 너 없으면 안 돼." 드라마 「그해 우리는」의 최웅처럼 이런 소리까지 하고 말았다. "나는 너 없어도 괜찮아." 지금까지 나 자신에게 1000번은 반복했던 이 얘기를 단번에 뒤엎는 말이었다.

외로워서 수치스러웠다고 했더니 상담 선생님이 말했다. "저는 차라리 기뻐요."

예상하지 못한 대답이라 어리둥절해진 나는 곰곰 생각에 잠겼다. '기쁘다고? 내가 선생님을 의도적으로 기쁘게 하려고 하지도 않았는데?' 아무래도 수치심이 힌트인 것 같다. 평소 나는 웬만해서 당황하지 않는 편인데, 상담 장면에서 이런 상황이 벌어졌다는 건 무언가 '진짜'가 발견되었다는 뜻이다. 정병 내담자로서 경력이 쌓이니, 여기서도 짬에서 나오는 바이브가 있다.

최선의 사랑

○ 　　　　나는 로맨스 드라마를 그리 좋아하지 않는데 (진영이는 좋아한다) 이 드라마는 두 주인공이 어린 시절 오래 사귀었던 사이라는 설정, 그리고 똑 부러지고 조금 재수 없는 여자애와 그다지 남성미랄 게 없는 남자애의 관계성에 이입할 수 있어 모처럼 재밌게 보고 있다. 사실 이런 포인트를 진영이랑 같이 느끼며 봐서 더 재밌는 것 같다.

　　두 달 만에 애인과 상봉했고 꿀 같은 시간을 보냈다. 언제나 그랬듯이. 내가 찍은 사진 속 한이의 표정이 점점 자연스러워진다. 한이는 2년이 지난 지금도 천천히 점점 열리는 중이다. 나는 야금야금 조금씩 더 간다.

　　우리는 가끔 만나고, 싸우지도 않고, 만나서 맛있는 거 먹고 좋은 거 보러 다니면서 재밌는 시간만 보내는데, 우리의 시간을 생각하면 이상하게 한구석에 슬픔이 보글보글하다. 사실 나는 한이의 손글씨만 봐도 슬프다. 도서관에 드나드는 게 루틴인, 두꺼운 책을 좋아하는, 휴대폰으로 나를 많이 찍는, 연필로 편지를 쓰는 한이. 고전적인 데가 있는 사람이라 그런지 이 슬픔마저도 고전적으로 느껴진다. 여자들이 다 그렇지만 서로 뭘 그렇게 해주고 싶어하고. 그러면서 절대 부담이나 짐은 안 되려고 하고…… 쓰다 보니 그냥 흔한 레즈비언 연애 얘기다.

그런데 내가 죽으면 가장 많이 휘청일 사람은 진영일 것이다. 우리는 좋은 것만이 아니라 거의 모든 것을…….

사랑의 세계는 이 세계의 법칙과 완전히 별개로 돌아가는 것 같다. 나에게는 언어화하는 일이 아주 중요한데, 내 말의 맥락을 번번이 잘못 짚고 이상한 소리만 하거나 자주 침묵하는 진영을 여태 사랑하고 있다. 나는 지나칠 정도로 대문을 활짝 여는 (상담 선생님에게 "문이 없다"라는 우려의 표현을 들은 적도 있다) 사람인데, 아무도 볼 수 없도록 자신을 꼭꼭 숨기고 박박 지우는 한이를 사랑한다. 왜냐고 묻는다면 나도 몰라. 그런 건 점점 별로 상관없어진다.

자전거 라이딩에 미쳐 있는 진영이 다쳤다. 옷
이 다 찢어지고 피가 철철 나는데 그 상태로 짜장면도
사먹고 경기도에서 집까지 다시 자전거를 타고 돌아오
다니, 무식한 새끼. 멱살 잡고 병원으로 향했다. 일요일
에도 진료하는 가정의학과를 겨우 찾아서 갔는데 부상
정도가 심해 여기서는 치료가 어렵고 다른 병원으로
가라고 했다. 다행히 집 근처에 외과 진료를 보는 응급
실이 있었다. 2도 화상 수준의 찰과상인데 부위가 매우
넓고 깊고…… 그래서 부위가 어디냐면? 바로 엉덩이다.
졸지에 병상에서 바지를 내리고 수치스러워하는 진영
을 보며 웃었다. 치료 중이던 의사 선생님이 갑자기 나
보고 "친구세요?"라고 물었다. 아니, 아무리 친해도 친

구가 엉덩이 까고 처치하는 데까지 같이 들어올 리가
요. 우리가 부부처럼 안 보이나? 조심하라는 내 잔소리
를 늘 뒷등으로 듣던 진영에게 살짝 고소한 마음도 들
어서 의사 선생님과 대화를 이어갔다.

"당근마켓에 자전거 5만 원으로 올려버려야겠
어요."

"그러셔야죠. 아마 사겠다는 사람이 줄을 설 거
예요."

의사와 내가 주거니 받거니 하는 동안 진영은
이를 앙다물고 눈물을 참으며 드레싱을 당했다. 집에
서는 내가 손만 대도 아프다고 비명을 지르더니, 나름
어른이라고 공공장소에서는 참을 줄도 아는구나. 당분
간 말 안 들으면 새빨간 엉덩이를 뻥뻥 차버려야지(문
자 그대로 정말 빨간색이다. 피가 아니라 살이 이렇게
까지 빨간색일 수가 있나 싶어서 놀랐다). 진료를 마친
진영은 나한테 관심과 돌봄을 받아서 기분이 좋아진
것 같았다. "너는 나 없으면 못 산다" 하면서 신나게 생
색을 냈다.

이 소식에 뜬금없이 여동생이 "언니, 혹시 나 죽

으면 우리은행 계좌에서 언니는 얼마 갖고 얼마는 쌍둥이 주고 얼마는 엄마랑 아빠 줘" 한다(내 여동생과 남동생은 이란성 쌍둥이다). 여동생은 내게 이런 당부를 자주 하는데 오늘따라 돈의 액수가 기묘하게 느껴졌다. 돈 얘기를 끝낸 여동생이 자기가 죽으면 반려묘 아냥이도 잘 부탁한다고 덧붙이더니, 아냥이가 연지한테 호되게 당할 텐데 어떡하냐며 웃다가(아냥이는 이동장에 든 채로 잠시 우리 집 거실에 놓였다가 연지한테 하악질을 당하고 혼비백산하며 돌아간 경험이 있다) 아냥이를 생각해서 안 죽어야겠다고 말했다.

밤에는 아빠에게 전화가 왔다. 여동생에게 걸려온 전화인데 마침 나도 옆에 있어서 스피커폰으로 통화를 들었다. 아빠는 본인이 코로나에 걸린 것 같은데 아프지는 않다고 한 뒤, 박근혜보다 윤석열이 100배 싫다고 말하고 끊었다.

심리적 안전감의 중요성에 대해 많이 생각하는 나날이다. 이를 확보한 여자들의 모임을 만들고 싶어서 친구 지운과 머리를 맞대고 무언가를 도모하는 중이다. 간밤에 접한 뉴스를 비롯해 내 주위에서 벌어지

는 일들을 보면서, 나는 내가 살아 있다는 사실에 자꾸
놀란다.

최선의 사람

내가 죽으면 한이는 내 장례식에 올까? 온다면 무엇으로 올까? 그 반대 상황이라면 어떨까? 한이의 장례식에 가게 된다면 나는 그의 가족과 인사를 하고 싶다. 그렇지만 내가 누구인지 밝히기를 한이는 원하지 않을 것 같다. 장례식에 진영을 데려간다면 더더욱 사람들을 이해시키기 힘들어지겠지? 종종 이런 생각을 한다.

나는 기혼자라는 이유로 외부적으론 당연하게 '퀴어하지 않은 사람'으로 받아들여진다. 그렇지만 제도권의 세계에 들어온 이상, 여기에서는 가장 급진적인 캐릭터를 부여받아 늘 싸워야 한다. 어떤 LGBTQIA+들은 나를 싫어하거나 아니꼬워하거나 부담스러워하는 것 같다. 그럴 수 있다. '한남'과 결혼한 주제에 '오픈리 퀴어openly queer'이기까지 하니까. 정상성을 획득해놓고 소수자성까지 탈취하려는 욕심이라고 욕해도 어쩔 수 없다. 대놓고 그렇게 말한 사람은 없지만, 그럴 수도 있다고 지레 생각한다.

'애매한 위치' 그리고 '설명할 수 없음'이 나의 핵심이다. 내가 원하는 것은 늘 '지금까지의 세상에 없던 것' '기존의 방식이 아닌 것'이다. 매번 설명에 실패하거나, 설명하기도 전에 좌절하거나 지쳐버리기를 반복하다가 '설명할 수 없음'이 곧 나임을 알았다. 설명하느니 실행하고 경험하기를 택하기로 했다.

perfectly splendid

한이에 대해서는 선뜻 이야기를 꺼내기 어렵다. 어떻게 말해도 과거형이라는 것, 그리고 에피소드로서 다뤄진다는 사실 자체가 그에게 상처가 될 것 같다. 한이는 이 책을 아주 오랜 시간이 지난 뒤에야 읽겠다고, 글은 본인에게 양해를 구하거나 허락받을 것 없이 마음대로 쓰라고 했다. 그래서 더더욱 쓸 수 없었다.

'내 인생에서 가장 중요한 인물 목록'을 작성한다면 한이가 빠질 수 없다. 고민의 여지도 없다. '중요하다'는 말은 다양하게 해석할 수 있는데…… 한이는 나에게 '귀인'에 가깝다. 본격적인 나의 폴리아모리 생활은 한이로부터 촉발되었다고 해도 과언이 아니다. 내가 결혼한 여자이며 오픈릴레이션십 상태라는 것을 밝혔을 때 처음으로 다가온 사람이니까. 그는 내가 받아본 적 없는 것, 결코 거부할 수 없는 것들을 주었다. 그 모든 걸 받으면서 그에게 연인의 지위를 내어주지 않는 것은 나의 윤리 규정에 위배되었기에, 나는 우리를 특별한 관계로 명시했다. 그렇게 하기까지 머리가 깨지도록 고뇌하고, 가슴을 몇 번이나 찢었다가 붙이고, 좀 긴장한 상태로 진영과 이야기를 나누고, 상담 선생님에게 복잡한 마음을 전부 진술하려 애썼다.

우리가 연인으로 함께 보낸 2년 반의 시간이 아주 길게 느껴진다. 끝나지 않을 것 같았다. 내 감정 기복에 내가 휩쓸리는 바람에 상대를 곤란하게 하고 제멋대로 굴어도 한이의 눈에 나는 항상 '제일 선하고 순한 사람'이자 '어린아이'였다. '주체적이고 독립적이고 똑 부러지는 K장녀' 페르소나가 기본값이었던 나는 "오냐 오냐 세상에서 제일 예쁜 우리 애기 공주"에 대충격을 받았다가 속절없이 무너졌다. 그제야 보호자라는 걸 가져본 기분이었다. 이렇게 마음껏 뒹굴어도 된다고? 그는 라텍스로 이루어진 존재인가? 아릿할 만큼 다디달았다.

한이와 연결되고부터 별안간 나는 포근하고 따뜻하고 부드러운 보금자리에 놓였다. 그곳은 무척 안전해서 마음껏 퇴행해도 괜찮았다. 그건 뒤로 가면서 동시에 앞으로 나아가는 일이었다. 작아지면서 동시에 커지는 일이었다. 일부러 언어를 잃으면서 더 많은 언어를 갖게 되는 일이었다. 바보가 되면서 똑똑해지는 일이었다. 약해지면서 강해지는 일이었다. 나는 이전과 절대 같을 수 없게 되었다.

3
하는 사람

藝人

삭제 불가

　　오늘은 엄마 생일이다. 어릴 때부터 원가족 내에서 서로의 생일을 함께 축하하던 분위기가 익숙해서인지, 지금은 각자 떨어져 살고 있지만 (꼭 다 같이 모이지는 못해도) 생일만은 챙기는 편이다. 올해는 이 시기에 하필 유난히 바쁜 아빠만 빼고, 동생들이랑 내 파트너 서정까지 함께 내일모레 서울에서 만나기로 했다.

　　엄마는 손으로 쓴 생일 카드를 받는 일을 돈 받는 것 이상으로 좋아하는 사람이기 때문에 (그래서 둘 다 한다) 모레까지는 카드를 써야겠다고 생각하며 책상 서랍을 열었다. 누군가에게 진정성 있는 글을 단 한 문장이라도 써서 전한다는 건, 특별히 우러나는 경우가 아니라면 좀 귀찮고 부담되는 일이다. 그리고 이제는 엄마에게 특별한 마음이 막 우러나는 일이 잘 없지만…… 자주 만나기는커녕 서로 연락도 잘 안 하고 물질적으로 주고받는 것도 거의 없으니, 1년에 한 번 생일 카드 쓰는 일 정도는 할 수 있지.

평소에도 밖을 돌아다니다가 마음에 드는 카드나 엽서, 편지지를 발견하면 당장 쓸데가 없더라도 사 모으는 편이다. 서랍 안에 적절한 게 있는지 찾아보려는데, 그보다 다른 게 먼저 눈에 띄었다. 사람들이 나에게 준 카드와 편지 들이었다. 한 번 정리한 적 있는 것들은 비닐 팩 안에 들어 있고 이후에 받은 것들은 그 주변에 헝클어져 쌓여 있었다. 발견한 김에 두 번째 정리를 하고자 흩어진 편지들을 꺼내서 보낸 사람만 확인하고 다른 비닐 팩에 한데 모았다.

이렇게만 했으면 깔끔했을 텐데…… 당연히 도중에 몇 개를 읽어보았다. 당시의 사실들, 그 순간의 진심들이 심장을 찔러댔다. 무엇에 사용했는지 기억이 안 나는 노트도 있었다. 열어보고 아차 싶었다. 결혼생활을 할 때 주간 가족 회의록 겸 일상적인 메모용으로 거실에 노트를 두고 함께 쓴 적이 있었는데, 그게 왜 여기 있는지. 종이 속의 우리는 왜 이렇게 귀여운지. 가상한 노력은 소용이 있었던 건지.

　　친구들에게 받은 편지는 담담하게 모아뒀지만 전 연인(들)의 글씨를 본 순간 심장이 순식간에 슬픔의 수영장에 잠기고 말았다. 발이 닿지 않는 깊이였다. 당혹스러웠다. 안에서부터 축축해져 서서히 표피까지 젖어들었다. 내장이 흔들렸고, 아주 느리게만 움직일 수 있었다.

　　우리(들) 사이에는 사랑뿐만 아니라 믿음도 있었다. 나는 언제까지고 내 곁에 있겠다는 말들을 받았다. 신뢰를 깨고, 다짐과 결심이 이행되지 못하게 만든 사람은 그들이 아니고 나다. '내가 문제야, 유난스럽고 이상한 내 탓이야, 망치는 건 내 쪽이야.' 주기적으로 모습을 드러내는 이 생각이 또 즉시 나를 삼켰다. 이걸 입 밖으로 내면 상담사도 지금 내 곁에 있는 서정도, 심지어 전 여자친구도 이렇게 답한다는 걸 안다. "그게 아니라는 걸 예인 씨도 알잖아요." "그렇게 생각하지 마." "예인이는 이상하지 않아." 나는 그들에게서 이런 대답을 유도하고 싶지 않고 같은 말을 반복하게 만드는 건 더 싫기 때문에, 생각이 말로 나오지 않도록 입안에서 없애버린다. 떨리며 내려가려는 입꼬리를 중립으로 끌어올리고, 눈꺼풀에도 힘을 주어 망막의 습도가 올라가지 않도록 유지하고, 최대한 무표정하게 물을 꿀꺽꿀꺽 마신다.

어떤 인연이 끝났다고 해서 그와 관련된 물건이나 기록을 버리거나 지우지 않는다. 받은 물건이나 편지, 이메일, 연락처는 물론이고 사진을 비롯한 기록까지, 웬만해선 모두 남겨두었다. 좋은 추억뿐 아니라 모질게 주고받은 메시지여도 그대로 둔다. 가끔 들여다보기도 한다. 예상치 못한 시점에 아이폰이나 클라우드에서 뭔가 튀어나올 때도 있다. "이날의 추억을 돌아보세요." 프로그램이 알아서 편집해준 사진에는 설상가상으로 감성적인 음악까지 깔려 있다. 미처 준비되지 않았을 때는 급속도로 마음이 가라앉거나 불안, 당황, 슬픔이 신체화 증상으로 나타나 온종일 진을 뺀다.

그럴수록 오기를 부리게 된다. 하나하나 대체할 수 없이 고유하고, 오직 내 기억으로서만 매우 의미 있는 얼굴, 순간, 말, 웃음, 목소리, 장면. 내가 지우면 세상에서 흔적도 없이 사라지는 것들. 그 모든 게 나를 만들었는데 관계가 끝나거나 변화했다고 해서 통째로 지워버리면 내가 군데군데 지워질 것만 같다. 내 삶의 중요한 부분을 삭제하고 싶지 않다. 그 부분들을 들어내면 나는 영원히 미완성인 시나리오다.

나에게는 온갖 사랑이 들어갈 방이 있(다고 우긴)다. 방이 더 필요하면 또 만들어낼 것이(라고 고집부린)다. 이 모든 걸 다 집어넣으면서 나는 계속해서 나일 수 있(다고 믿는)다. 나만의 방식으로 계속해서 사랑할 것이다. 상실까지도.

서랍 속 받은 편지 꾸러미 옆에는 아직 쓰지 않은 새 카드와 엽서 들이 있다. 제주에서 산 푸른빛 카드를 골라냈다. 바다 같은 청록색 봉투 안에 든 카드는 도톰한 크라프트지로 만들어졌고, 실로 꿰맨 선이 글상자를 그리고 있다. 예뻐서 아껴둔 카드였다. 이걸 지금 쓸까 말까 잠깐 고민하다가, 열어서 엄마에게 전할 메시지를 적었다. 그리고 만나서 주었다.

오랜만에 만나 예상대로 왁자지껄하고 피곤한 하루를 무사히 보낸 뒤, 헤어지고 집에 돌아가는 기차를 탄 엄마에게 문자가 왔다. '카드가 넘 이쁘당~!'

서정을 처음 만난 후 집에 돌아간 엄마가 나에게 전화를 걸어 말했다.

"인상이 마음에 들어. 우리 식구 쪽 얼굴이야."

"그래? 암튼 서정이랑 사는 거, 진짜 좋아."

"지금은 신혼이니까 당연히 좋지. 지나봐라. 사람 사는 거 다 거기서 거기다. 지금 즐겨."

엄마는 내가 진영이와 함께할 때도 "닮았다" "남매 같다" 같은 말을 종종 했다. 이번에도 비슷한 얘기를 한다. 엄마의 이런 말은 긍정적인 의미다. 이질감이 들지 않고 왠지 편안하다고 한다.

대단히 좋을 것도 나쁠 것도 없다고, 사람 인생이라는 게 크게 보면 별다르지 않다는 말 역시 전에도 몇 번이나 들은 소리다. 처음 부부大婦관계를 맺었을 때 나는 그 말이 너무 듣기 싫었다. 나는 잘 살고 싶은데 (엄마와는 다르게!), 어차피 소용없다며 내 의지를 비웃으며 찬물을 끼얹는 말 같았다. 그런데 이번에는 완전히 다르게 들렸다. 구태의연한 말들이야말로 어떤 면에서는 우리 관계를 자연스럽게 부부婦婦로 이해하고 있다는 증거다. 크큭 웃음이 나왔다. 이 순간에는 '내가 어떻게 살고 싶은지'보다 '우리가 어떻게 받아들여지는지'가 나에게 더 중요했나보다.

어렸을 때부터 크리스마스를 늘 '크리스마스처럼' 보냈던 나는 다 커서도 트리나 리스로 집을 꾸미고, 좋아하는 가게에서 소량 생산하는 뷔슈드노엘을 티케팅하듯 주문하고, 직접 요리를 해서 사람들을 초대하곤 했다. 어릴 적 교회에 다녀서인지 나에게는 크리스마스가 명절 분위기보다도 익숙하고 편안하다. 와인을 곁들인 요리, 한 해를 회고하며 말로 하기 부끄러운 고마움을 담은 카드, 그리고 사람들에게 나눠줄 선물을 준비하는 일은 연례행사나 마찬가지였다. 진영과 연애

할 때는 화방이나 소품 가게에서 재료를 사서 당일에 각자 카드를 직접 만들고 써서 교환하기도 했다.

　　그런데 언제부턴가 나를 중심으로 한 크리스마스 행사 규모가 조금씩 줄더니, 서서히 별다를 것 없이 이날을 보내게 되었다. 그동안 남들에게 너무 많이 노력했고, 일도 너무 많이 했고, 이제 더는 기력이 없다. 기분 내는 일은 할 만큼 해봐서 로망도 미련도 남지 않았다. 다시 전처럼 할 엄두도 안 난다. 나는 그저 낡고 지친 정병 아줌마가 된 것이다.

　　그런데 서정은 나처럼 크리스마스 분위기를 즐겨본 적이 없다고 했다. '그래? 내가 보여주겠어!' 갑자기 호랑이 기운이 솟았다. 서정과 함께 맞는 첫 크리스마스를 앞두고, 미리 주문해둔 오너먼트와 전구를 함께 달았다. 장식 하나가 떨어져 다시 달면서도 헤헤 실실 웃음만 흘렸다. 며칠 뒤, 음악과 케이크와 카드가 있는 크리스마스를 맞이했고 서로에게 기대어 「나 홀로 집에」를 보았다(나는 어릴 때부터 하도 봐서 대사를 외울 정도인데, 서정은 처음부터 끝까지 제대로 본 적이 한 번도 없다고 했다. 이럴 수가!). 이 나이 먹고 「나 홀로 집에」를 다시 보는데 이렇게까지 재밌을 일인가. 깨가 쏟아진다는 게 이런 거구나. 깨를 볶는 건가? 볶든 쏟든 아무튼 처음이다.

같은 세탁기를 쓰는 사이

표준국어대사전의 정의에 따르면, '가족'이란 주로 부부를 중심으로 한, 친족관계에 있는 사람들의 집단 또는 그 구성원을 뜻하며 혼인, 혈연, 입양 등으로 이루어진다네? 흐음. 예상은 했지만 어떤 부분에서는 불만스럽고 동의하기 어렵다. 2023년 10월 기준, 위키백과에는 이렇게 적혀 있다. "가족家族은 대체로 혈연, 혼인으로 관계되어 같이 일상생활을 공유하는 사람들의 집단 또는 그 구성원을 말한다……" 그리고 이렇게 이어진다. "많은 사회는 가족의 범위를 법률이나 그 외의 규범으로 규정하고 있다. 세계인권선언의 16조 3항에 따르면, 가정은 사회의 자연적이고 기초적인 단위이며, 사회와 국가의 보호를 받을 권리가 있다."○ 표준국어대사전보다는 좀 낫다.

　　　가족이라는 한자어는 집 가※, 겨레 족※의 조합
이다. 그런데 겨레가 이미 혈연을 뜻하니, 아, 곤란하다
곤란해. 그렇다면 나와 서정과 연지로 이루어진 이 공
동체를 무어라 불러야 할까? 일단은 삼총사라고 부르
고 있다. 통념 바깥에 있는 존재들에게는 마땅한 언어
가 없다(그래서 마음대로 만들 수도 있다!).

　　　위의 일반적인 정의 중에서 가족과 유사한 개념
으로서 내가 이해하고 받아들일 수 있는 부분만 발췌
하자면 이 정도다. "사회의 기초적인 단위이며 사회와
국가의 보호를 받을 권리가 있는 일상생활 공유 집단."
부분적으로만 받아들일 수 있다는 점에서 가족이라는
단어부터가 어폐가 있고…… 대안가족, 생활동반자, 생
활공동체 등 관련된 용어도 여럿 만들어졌지만, 개인
적으로 아주 기껍진 않다. 열심히 궁리하여 만들어낸
티는 나는데 뭔가 좌파 냄새도 나고 사회 부적응 집단

○　　　위키피디아 백과의 '가족' 항목을 참고했다. https://
　　　ko.wikipedia.org/wiki/%EA%B0%80%EC%A1%B1,
　　　2024년 2월 6일 접속.

을 예의 바르게 불러주는 단어들 같아서 썩 유쾌하지 않다(내가 좌파 혹은 사회 부적응 집단에 속하지 않는다는 건 아님). 무엇보다 우리 삼총사에게 착 붙지 않는다. 차라리 인구 조사 느낌으로 건조하게 가구※[1]라고 불러주세요.

수년 전에 이런 개념, 즉 가족의 재해석과 공동체의 새로운 가능성을 다루는 국내 서적을 기획하면서(결국 출간되지 못했지만, 다행히 관련하여 좋은 책들이 많이 나왔다) 나는 '선택가족'이라는 말을 쓰기도 했다. '원가족'과 병치할 수도 있고 대비되기도 하는 단어이니 그나마 적절해 보인다. 원가족은 내가 선택하지 않았는데 내 의지와 상관없이 가족으로 묶여버렸다는 점에서 어딘가 억울하게 느껴지는데, 선택가족이라는 옵션이 더해지면 내가 원하는 삶을 주체적으로 만들어볼 가능성이 생긴다. '선택가족'은 혈연이 아닌 가족을 이르는 명칭으로 기존의 단어인 '가족'에 의미를 더하는 명사 '선택'을 덧붙여 만들어낸 것인데, 영어로 '배우자의 아버지father-in-law' '배우자의 어머니mother-in-law'와 유사한 방식으로 만든 표현으로 이해할 수도 있겠다.

이전에 '결혼'이란 걸 할 때도 어떤 제도나 관습보다 '내가 선택한 가족'이 생긴다는 점이 나에게는 가장 중요했다. 마침 그 선택을 내리는 데 딱히 걸림돌이 없었고, 모두가 축하해주는 가운데 결혼식을 올렸다. 사회적으로도 법적으로도 손쉽게 부부로 인식되기에 우리가 어떤 관계인지 설명할 필요가 없었고, 낮은 금리로 주택자금 대출까지 받을 수 있어서 다행스러웠다.

이번에는 모든 게 반대다. 혼인신고도 못 하고 결혼식도 안 했으니° 굳이 설명하지 않으면 가까운 사람들도 나와 서정을 반려관계로 인지하지 못할 수 있다. 프리랜서인 내 명의로 대출을 받아보니 조건이 이전보다 확실히, 여러모로 불리하다. 어떤 마음으로 우리가 함께 사는지 설명해야 하고(예컨대 연애하며 동

° 2024년 6월 18일, 우리는 미국 유타주의 주관으로 온라인 화상 결혼식을 했다. 예상치 못하게 여러 사람이 함께 접속하여 축하해주었다. 부부임을 증명하는 결혼인증서도 받았다. 물론 국내에서 법적 효력은 없다.

거하는 상태가 아님을) 그러면서 기존 언어에 예외적인 용례를 만들어야 한다(제 아내·파트너예요). 그러느라 때로는 골이 아프고 진이 빠지기도 한다.

일상에서도 우리에게 서로 어떤 관계인지 묻는 이가 왕왕 있다. 병원에 보호자로 함께 간 상황, 함께 택시에 타서 대화하고 있을 때, 필라테스 센터에 같이 가서 나란히 신규 회원으로 등록하던 순간이 떠오른다.

이들이 친구인지 가족인지 알쏭달쏭해하는 상대의 표정도. '누군데 진찰실까지 따라 들어온 거지?' '집 주소는 같은데 나이도 성도 다르고…… 둘이 무슨 사이인 거지?' 속으로 추측하거나 수군대기만 하는 것보다 차라리 순진하게 대놓고 물어보는 사람들이 편하다. 나는 언제나 준비되어 있기 때문에.

"저희 부부예요!"

지금 나의 '선택가족'은 연지와 서정이다. 아무래도 '삼총사' 쪽이 더 마음에 들지만. 앞으로 더 좋은 언어를 발견하거나 만들어낼 수도 있을 것이라 믿는다.

부모가 자녀를 가족으로 여기는 일과 자녀가 부

모를 가족으로 여기는 일은 맥락상 서로 전혀 다르다. 부모가 자녀의 신체나 인격까지 선택한 것은 아니지만 낳기로 결정한 것은 분명하므로, 부모에게는 태어난 아이가 사회적 인간으로 살아갈 수 있도록 양육할 책임이 있다. 여기까지는 응당 해야 할 일이므로 자녀는 이에 대해 부모에게 부채감을 느낄 필요가 없다.

　만약 미성년자 시기까지 부모가 책임을 다한 이후에 다시 자녀에게 부모를 선택할 권한을 준다면 어떨까? 그게 꼭 지켜야 할 규칙이라면 부모들은 이전과 어떻게 달라질까? 이상한 상상을 가능성의 영역에 포함해보면 조금 더 나은 방법을 찾을 수도 있지 않을까? 누구에게나 자기 삶의 반려자를 자유롭게 선택할 권리가 있다. 더 많은 사람이 더 편안하게 가족 비슷한 공동체를 이룰 수 있으면 좋겠는데, 지금까지 고수해온 현대 핵가족의 방식은 어떤 인간들을 적극적으로 배제한다. 살 수 없게 한다.

　가족은 고정된 것이 아니고 계속 새롭게 만들어지는 것이다. 현재로서 가족을 만드는 가장 공인된 방식은 '이성 간의 결혼과 출산'이다. 국가와 사회의 보호를 받아야 할 사회의 기초 단위를 만드는 데 쓸데없이 많은 제약이 걸려 있다. 내가 선택한 반려를 가족으로 인정해주지 않았을 때 사회의 누구에게 어떤 이득이 돌아가는지 잘 모르겠다(사실 안 궁금하고 깊이 생각하고 싶지도 않다).

우리의 고양이 가족, 연지는 정 씨다. 집 안에서는 "정연지"라고 불릴 때가 많다. 성도 이름도 연지가 정한 것은 아니지만, 부르면 종종 흔쾌히 달려와준다(이따금 빤히 쳐다만 보고 내키지 않을 때는 못 들은 척한다). 나는 나를 연지의 엄마라고 지칭하고, 서정은 자신을 연지의 언니라고 지칭한다. 실제로 연지가 어떻게 생각하는지는 알 수 없지만, 나에게는 꾹꾹이를 하고 서정에게는 궁디팡팡을 요구하는 걸로 보아 연지도 우리와의 관계를 두 인간이 느끼는 것과 유사하게 여기는 듯하다.

우리 삼총사는 서로 사랑하는 사이인데 그중 굳이 권력자를 꼽자면 연지다. 연지는 나와 서정 사이에 좁은 틈을 발견하면 꼭 그 안으로 들어와 제 몸을 꽉 끼게 앉고서는 만족스러운 표정을 짓는다. 종종 왼쪽 두 발은 서정의 허벅지에, 오른쪽 두 발은 내 허벅지에 올리고 우리 둘 위에 자리 잡는다. 우리는 자주 연지를 중심으로 모인다. 연지에게 애원하고 섭섭해하며 연지를 사랑하고 돌본다. 연지가 해달라는 대로 한다. 이 집의 폴리아모리력"으로는 연지를 따라갈 자가 없다.

  2024년 6월 기준, 5년 이상 수집한 데이터에 따르면 연지는 오로지 20~40대의 '여성'에게 특별히 관심을 보이고 이들에게 사랑받고자 하는 욕구가 강하다. '남자사람'은 싫어하거나 이상하리만치 무관심하다. 연지가 직접 얘기해준 사항은 아니기에 조심스럽긴 하나, 우리는 연지도 레즈비언이 아닐까 짐작하고 있다. 우리 삼총사는 종마저 초월한 퀴어가족이고 이 관계에서 안전감, 안정감, 안락함을 느낀다. 그러나 국가와 사회의 보호를 받지는 못한다. 그 사실은 나에게서 안전감, 안정감을 빼앗고 불안과 소외감을 더한다.

  퀴어가족인 우리 삼총사만 이상한 게 아니다. 이 이상함은 내 윗세대로부터 전수된 것 같다. 엄마는 나와 진영이 이혼을 결정했고 같이 살지도 않게 된 걸 알면서도, 매년 해왔듯 진영의 생일날 그에게 용돈을 보냈다. 뭘 그렇게까지 하느냐며 말리려고 했지만 이미 애정을 품은 사람을 하루아침에 남으로 대하는 게 더 부자연스러울 수 있음에 수긍하며 엄마가 하고 싶은 대로 하게 두었다. 동시에 엄마는 새롭게 등장한 큰딸의 파트너에게 다정한 관심을 보인다. 맨 처음 만났을 때 서정에게 좋아하는 음식을 묻더니, 어제는 전화를 걸어 김치찜을 해주러 우리 집에 와야겠다고 했다. 나는 그 마음만 받고, 요새는 배달시키면 기가 막힌 김치찜이 곧 집에 도착한다고 답했다.

진영에 대한 애정을 한순간에 거두지 못한 걸로 따지자면 사실 내가 더하다. 진영과 더는 하우스메이트조차 아니게 되었지만, 추석을 앞두니 그가 혹여나 혼자 쓸쓸하고 심심하게 연휴를 보내게 되는 건 아닌지 공연히 걱정되었다. 여동생에게 연휴 중 하루는 진영에게 같이 밥 먹자고 물어볼까 한다고 말했다가 타박을 들었다.

"언니, 그건 좀 이상하잖아!"

"이미 폴리아모리인 것부터가 제일 이상한데 이거 하나 더한다고 뭐 어때."

"그건 그렇지."

뒤늦게 생각해보니 여동생도 나에게 뭐라고 할 처지가 아니다. 진영과 내 여동생은 같은 건물에 산다. 나와 진영이 그 집으로 이사할 시기에 마침 같은 건물에 빈집이 나와서 여동생도 그리로 이사했기 때문이다. 당시 나는 여동생에게 세탁기를 새로 사지 말고 우리 집에 와서 빨래하라고 말했고, 이후 그 애는 최소 일주일에 한 번 이상은 우리 집에 드나들었다. 누군가 집을 비우면 서로의 고양이를 돌봐주고, 음식을 나눠먹고, 같이 코인 노래방에 가거나 예능 프로그램을 보면서, 마치 진영과 나와 내 여동생이 삼남매인 것처럼 함께 지냈다(정작 바로 옆 골목에 살던 남동생은 은둔형 직장인으로, 늘 일하거나 지쳐 누워 있느라 얼굴 보기가 어려웠다).

항상 사이가 좋은 것만은 아니었다. 진영과 여동생이 서로에게 별것 아닌 일로 불만을 품고 속 좁게 굴기도 했다는 점에서, 때로는 둘이 편 먹고 나에게 면박을 주거나 합심하여 나를 본인들이 원하는 대로 움직이게 하기도 했다는 점에서 더더욱 우리는 남매 같았다.

진영과 부부관계를 그만두기로 하고 내가 이사를 나온 뒤에도 둘은 여전히 그렇게 지낸다. 여동생한테서 이런 연락이 자주 온다.

어제 오빠랑 밥 먹었는데, 오빠 엄청 비싼 자전거 샀더라? 자기는 잘 지낸다는데 돈 쓰는 거 보니 마음이 공허한 게 틀림없어.

어제 오빠랑 노래방 갔는데 새삼 노래 진짜 못 불러서 신기했음. 돌고래 목소리로 겨우 쥐어 짜냈는데 웃으면서 "나 잘 올라가지? 이거 원키야" 이럼. 나 창피.

오래된 관계가 큰 국면을 맞이해 막 변화할 때, 나로 인해 나의 원가족에게까지 상실감을 안기게 되어 서로 마음이 편치 않았는데, 그들도 그들 나름대로 변화를 받아들이고 새로운 관계를 만들어나가고 있는 것 같다. 그런대로 맛있는 콩가루 집안이다.

자해 상상

　　모친에게 걸려온 전화를 받고 통화를 끝낸 서정
이 시무룩해져 있다. 이번에는 또 무슨 말로 자기 딸을
괴롭힌 거지? 화가 치민다. 나는 남의 부모를 미워하는
데에도 거리낌이 없는 년이다. 자녀의 행복보다 자신
의 생존이 중요해서 폭력과 착취로 그걸 지키는 우악
스러운 인간이 징그럽다. 그런 인간을 연민하기 싫어
서 차라리 징그러워하는 나 자신도 징그럽다. 그래도
어쩔 수 없다.

　　내 자아는 이미 서정에게까지 닿아 있다. 자아
가 비대해서 상대방을 집어삼켰거나 자아가 희미해서
상대를 곧 나처럼 생각해버린 것이다(가장 사랑하는
친밀한 이와 적당한 거리를 유지하며 그를 독립된 타

인으로서 존중하고 언제나 이성을 잃지 않기란 얼마나 어려운가…… 게다가 우리는 '정병러'끼리 빠른 속도로 끌려 밀착된 관계를 형성했던 터라, 때때로 너와 나의 감정과 욕구를 명확히 분간하는 데에도 실패하거나 애를 먹었다). 어느 쪽이건 나는 나를, 그리고 나의 확장판인 내 사랑을 지키기 위해 그 사람을 미워하기로 단단히 마음먹는다. 정신을 꽉 잡지 않으면 쉽사리 연민하거나 이해해버릴 수 있으므로, 위험할 것 같으면 눈을 감고 귀를 막는다.

미워하기로 선택했지만, 그걸로 남의 부모를 어떻게 할 수 있는 건 아니어서 무력하다. 이런 마음으로 내가 무엇을 지키고 있는지 모르겠다. 바로 그 때문에 더더욱 분노가 나를 장악해버린다. 이 정도까지 휩싸일 줄은 몰랐다. 당황스럽다. 화를 낼 데가 없다. 괴롭다. 나는 이런 감정을 다루는 법을 모른다. 순하고 여린 내 아내는 자기가 가여운 줄도 모르고 내 다리에 머리를 올리고 소파에 누워 있다. 나는 왼손으로 조용히 내 오른쪽 팔을 꼬집었다. 점점 더 세게. 오로지 고통에만 집중할 수 있을 때까지 꼬집었지만, 이걸로는 턱없이 부족했다.

　　내 왼팔에는 길게 난 흉터가 있다. 목욕시킨 연지를 안고 나오던 중 버둥거리는 연지의 뒷발톱에 긁혀 난 상처다. 피가 나고 딱지가 생겼다가 떨어지며 상처는 아물었지만 흉터가 남았다. 그 자리에 칼을 긋는 상상을 했다. 여기다가 칼을 그으면 된다고, 누가 미리 친절하게 스케치해준 자리 같았다. 그 생각만이 나를 그나마 편하게 했다. 약간 진정하면서 한참 동안 왼팔 안쪽의 갈색 선을 물끄러미 바라보았다. 내키지 않지만 이걸 상담 선생님에게 이야기해야겠지. 그 정도는 스스로 판단할 수 있는 어엿한 우울증 환자다.

　　나중에 상담 선생님과 다른 이야기를 하다가 들었는데, 내면에 분노가 있으나 화를 표현하거나 방출하지 못하면 그 공격성이 결국 자기에게로 향할 수 있다고 했다. 그러고 보니 내가 공격하고 싶은 대상은 나였다. 내가 공격할 수 있는 대상은 나뿐이므로.

망했다. 아무것도 되지 못했다.

매일 이 생각이 든다. 내가 아무것도 아닌 것보다 '내가 아무것도 아니라는 사실에 아직도 가끔 절망한다'는 게 매우 수치스럽다. 나 뭐 돼? 응······ 어릴 때 나는 내가 뭐라도 되는 줄 알았고, 장차 더더욱 뭐가 되겠다고 생각했다. 저절로 그렇게 되는 줄 알았기 때문에 계획은 하나도 세워두지 않았다.

가까이에서 나를 둘러싼 사람들은 영유아기부터 청소년기까지 내내 나를 특별한 아이 취급했다. 그 모든 이의 꾸준하고 열렬했던 올려치기를 가끔 원망한다. 부모, 선생, 친구 하여튼 전부 다. 나 뭐 되는 데 도와줄 것도 아니면서 그렇게 헛바람을 불어넣다니, 거기에 넘어가다니. 성인이 되고서부터 지금까지의 시간을 ① 내가 아무것도 아닌 걸 알게 되고 ② 그걸 받아들이고 ③ 아무것도 아닌 사람으로서 어떻게 살아갈지 고민하는 데 온통 쓰고 있다(아직도 해내지 못했다는 뜻이다).

유년기가 리즈 시절인 사람으로서 가끔 소싯적을 떠올리며 공연히 화를 내다가, 내민 입을 도로 넣고 숨 한 번 쉬고 나면 이렇게 전환된다. 내가 아무것도 아닌 건 내 탓이야. 남 탓할 나이는 진작에 지났고 이제 핑계를 대거나 원망하는 것도 꼴 사납다. 여태 뭐하고 살았냐?

자기 객관화와 자기혐오를 구분하지 못하는 상황이 '여러 가지로 못났음'을 증명하는 흐름이라는 점에서, 이미 비관에 빠진 나에게 이 '못남론'은 정답이나 마찬가지다. 어떤 변명으로 내 마음을 돌리려고 해도 결국 이 이론은 개연성을 얻고 설득력을 갖는다. 아무것도 되지 않아도 된다거나, 대단한 게 될 필요 없다, 혹은 당신은 아무것도 아니지 않다, 존재 자체로 소중하다…… 혹시 이런 말을 하려거든 상상만 해도 소름 끼치니까 제발 도로 넣어두길.

　　한때 "~해도 괜찮아" 유의 책 제목이나 카피가 전 국민의 마음을 저격하여 남발되던 시기가 있었다. 그 후폭풍이 여전히 이어지는 것 같고 그게 먹히는 (또는 필요한) 이유도 알고 있다. 하지만 솔찍헌 심정으로는 지긋지긋하다. 괜찮긴 뭐가 괜찮은지, 무책임하기 짝이 없는 소리. 나이 먹고 자기 연민하는 것만큼 꼴 보기 싫은 게 없는데 어느새 다 큰 어른들이 자기 자비와 수용의 개념을 오인하면서 자기 자신을 부둥부둥 껴안는 분위기가 조성되었다. 이를 견디기에 나는 비위가 약하다. 스스로를 사랑하는지 여부에 관심조차 주고 싶지 않다. 그런 건 안 중요하다.

　　그냥 열심히 살고 싶다. 태어나기를 선택하지 않았고 만약 선택권이 있었다면 안 태어났을 텐데, 어쨌든 결과적으로 태어났으니 인간으로서 지구에는 해악을 덜 끼치고 싶고 인간 사회에는 조금이나마 도움이 되고 싶다. 그렇지만 나는 원더우먼이 아니고 정예인이다······ 시발, 이게 바로 생의 비극이다.

　　태어나기 싫었는데 태어나버려서 전력을 다하

는 삶이란 사실상 울면서 억지로 뛰는 마라톤이다. 슈퍼파워가 없어서 존나 열심히 살다가 착취당했고 번아웃에 시달렸고 상처받았고 정신병을 얻었고, 능력과 노력이 부족해 뭐가 되지는 못했다. 그나마 쥐고 있던 '열심히 살고 싶음'을 놓기는 싫은데, 열심히 산 후유증으로 인해 열심히 살기가 더욱 어려운 상태가 되고 말았다. 매일 눈 뜨는 순간부터 잠들기 직전까지 먹어야 하는 약이 한 주먹이고 한창 활동해야 할 한나절에는 대부분 컨디션이 나쁘다. 지금의 내가 고작 이 정도밖에 안 되어서 가끔 서럽고 매일 슬프다. 어디부터가 성격이고 어디부터가 증상인지 구분할 수도 없다.

나는 무얼 할 수 있나? 나는 왜 이것밖에 못 하나? 나는 왜 이렇게 멍청한가? 매일 바쁜데 왜 돈은 없는가? 책은 왜 사놓고 읽지 않는가? 내가 하는 일들이 무슨 의미가 있나? 'Jinjungsung'(진정성) 담아봤자 누가 아나? 이런 생각 또한 얼마나 자의식 과잉이며 비효율적이고 촌스러운가. 입 닫고 그냥 해. 근데 몸이 안 움직여서 도저히 못 하겠음. 아 오늘도 눈부시게 쓰레기 같은 하루를 보냈구나. 자기 싫다. 자고 나면 내일이 오니까…….

　　　이런 생각을 끝도 없이 반복한다. 때에 따라 집 밖에 나가면 밝고 활기찬 일잘러, 대화하기 좋은 친구, 어디서나 당당하게 걷는 멋진 여자 어른 페르소나 등으로 돌변하기도 하지만 대개는 방구석 쭈구리로서 시간을 죽인다.

　　　날이 갈수록 마음이 점점 작아지는 것 같다. 이렇게 늙으면 안 되는데 생각하지만, 마음은 마음대로 되지 않는다. 나이가 드는 것과 옹졸해지는 것에 어떤 상관관계가 있는지는 모르겠으나 요즈음 나는 전방위적으로 위축되고 있다.

　　　세상에는 빛나고 뾰족하거나, 빛나고 거대한 것이 많다. 후자는 별로 안 부러운데 후자가 차지하는 거대한 영역 바깥에서 빛나는 뾰족이들은 부럽다. 그들은 어리고 거침없다. 그들은 내가 못 하는 일들을 즐겁게 해낸다. 나는 그 안에 속하지 못한다.

　　　나이 듦의 미덕? 요즘은 어린 사람들이 통찰도 더 잘하는 것 같다. 글이든 예술이든 상업 콘텐츠든 '와

이거는 진짜 개쩐다' 싶어서 창작자를 확인해보면 역시 나보다 어리다……

인스타그램에 들어갔다가 남들이 좋은 곳에 가서 영감받고 서로 사랑하며 열정적으로 일하고 다양한 경험을 하는 모습을 보거나, 그렇게 하라며 광고하는 이미지들을 마주친다. 짜증 나서 X에 들어갔더니 실없는 사람들이 나에게 비로소 웃음을 주지만, 그들이 실은 얼마나 유능하고 지적인지 알기 때문에 결국 나오는 건 깊은 한숨뿐이다. 생기도 지혜도 잃어버렸으니 낡고 지친 나는 심사만 뒤틀린다. 그리고 아무에게도 이 마음을 말하지 않는다.

간혹 어떤 사람이 나를 빛나고 뾰족한 것으로 착각할 때가 있다. 그럴 때면 나는 대충 그에 부합하는 제스처를 취하기도 한다. 나를 속속들이 아는 건 나뿐이니까, 나만 입 다물면 된다. 나의 외면은 기대에 걸맞도록 포장을 수행한다. 진짜와 가짜를 어떻게 구별할 건데? 전부 그럴듯하다. 모두 근사하다. 그렇다면 내 눈에 빛나고 뾰족해 보이는 것도 진짜가 아닐지도 모른다. 인간이 다 거기서 거기라는 식의 말을 별로 안 좋아하면서도 정신 승리하는 데에 종종 써먹는다.

회사를 떠나고 결혼 제도에서도 빠져나오면서 내 계급은 점차 하강했다. 그럴 줄은 알았지만 이렇게 팍팍 체감할 정도일 줄은 몰랐다. 쉽게 말하자면 마포구에서 영등포구로, 그다음 관악구로 거주지가 바뀌었다. 훌륭하신 버지니아 울프 선생님께서 여자가 예술을 하려면 자기만의 방과 연간 500파운드가 있어야 한다고 진작에 말씀(1929년 발표된 『자기만의 방』)하셨는데 일단 서울의 집값을 고려하면 '자기만의 방 마련하기'부터가 절망적인 미션이다. 게다가 나만의 작업에 집중할 수 있는 고정 수입이 있어야 한다는 대목에선 그냥 할 말이 없다.

다행히 버지니아 울프는 숙모에게 유산을 받은 덕에 당시로서는 흔치 않게 이 조건이 충족된 상태로 글을 쓸 수 있었다. 시대를 고려하면 운이 좋았다고도 할 수 있다. 그렇게 작가로 살았던 그조차 주머니에 돌을 넣은 채 우즈강에 들어가 자살했다. 여자는 글을 써야만 살 수 있으며 그렇게 자기 세계를 만들기 시작하면 현실과 충돌하고 계속해서 분열할 수밖에 없다.°

현존하는 여성 예술가들이 모든 조건을 다 갖추고 나서 무언가를 하는 게 아님을 안다. 그들에게 무한한 경탄을 보낼 따름이다. 나는 예술가도 아니고 활동가도 아니며 연구자도 아닌, 늘 애매한 사람으로서 여기저기 기웃거린다. 행인이고 소시민이다. 아무것도 아니다.

구리고 별로인 나를 견디기. 그걸 계속해야 한다. 어른의 삶이란 그냥 그런 것이다. 그걸 잘하는 게 짱이다. 내 성에 안 차는 나를 참아주기 위해, 아무것도 아니어도 열심히 살아도 된다고 허가한다. 열심히 사는 것처럼 안 보여도 이게 나의 열심이다. 달리 방법이 없다. 열심 없이 어떻게 사는지 알지도 못한다.

○ 　　　이 말은 전부 비유다.

집 밖에 나가기가 너무너무 싫다. 꼭 나가야 할 때는 아예 일정을 두세 개씩 잡아버린다. 막상 나가서 사람을 만나 놀거나 업무 미팅을 하면 도파민이 치솟는다. 하지만 집에 있을 때는 보통 기상 직후부터 오후 4시 정도까지 컨디션이 바닥이다. 언제나 그렇다. 어쩌면 세상의 흐름과는 다르게 그때가 내가 자야 하는 시간일지도.

밤에 잠드는 건 (물리적으로 누가 있든 말든 상관없이) 혼자 하는 일이다. 고독한 일이다. 그걸 겨우 해낸 다음엔 새벽 무렵부터 깨어나기 직전까지 매일 악몽을 꾼다. 꿈에서 벗어나려고 안간힘을 쓰는데, 내 발목과 손목이 다 묶여버린 것처럼 꼼짝할 수가 없다.

꿈에서부터 도망쳐서 가려는 곳이 이 현실이라니. 일어나면 심장이 쿵쾅쿵쾅 빠르게 뛴다. 벌써 기진맥진해서 아무것도 못 한다. 기력이 0에 다다라서 약이 시급한 상태인데, 아침 약을 먹으러 가는 데까지도 한 시간은 걸린다. 잤기 때문에 쉬어야 한다.

진영이나 한이에게서 점점 연락이 뜸해지는 걸 보면 역시 이별을 가장 못 하는 쪽은 나다. 나는 이별이란 걸 거의 해본 적이 없다. 폴리아모리라서가 아니라, 그냥 못 헤어지는 사람인 듯하다. 맺고 만드는 것만 할 줄 알고, 끊고 정리하는 건 못해서 일도 많고 친구도 많고, 그냥 모든 게 '폴리폴리'해지는 게 아닐까? 집들이가 계속해서 이어지는 가운데 서정에게 '새로운 친구 사귀기 자제' 권고를 받았다. 우리가 서로의 말을 잘 들으면 삶이 조금 나아질 것 같기도 한데 그게 될까?

폴리아모리 친구에게 "폴리아모리 같은 거 안 하고 평범하게 살고 싶다"고 말했다가 "개가 똥을 끊지"라는 소리만 들었다. 분명 코웃음이 섞여 있었다. 비웃음을 당한 이유는 내 입에서 "평범"이라는 말이 나와서다. 모든 관계 하나하나에 공을 들이려니 기력이 더 필요하다. 그리고 이별은 개슬프다. 그래도 나만 슬펐으면 좋겠다. 나만 슬프다면 차라리 괜찮다.

친구를 그만 사귀는 게 어떠냐는 제안을 받긴 했지만, 친구들이 책도 빌려다주고 와서 밥도 해주고 물심양면으로 도와주는걸. 덕분에 그나마 나도 이 사회의 그럴듯한 일원이며 나름대로 잘 살아온 사람인 척을 할 수 있다. 물론 넓은 관계망이 언제나 자원으로 작용하지는 않는다. 특히 나 같은 인간에게는 그렇지 않아도 복잡한 삶을 더 헝클어뜨리는 요인, 그러니까 자극과 위험이 될 수도 있다.

1초도 쉬지 않고 귀여운 연지가 있는, 내가 집착적으로 사랑하는 서정이 재택 근무하는 이 집에서, 내일도 절대 밖으로 안 나갈 거다. 아, 폐기물 배출 신고증 붙이러 내려가긴 해야 한다. 그걸 나간다고 하기도 좀 그렇지만.

도움받아서 도움닫기

요즘 우리 집은 내 전용 요양원이다.

'재미'를 으뜸가는 가치로 여기는 나는 즐겁지
않으면 죽고 싶어지는 병이 있다. 아침에 눈을 뜨면 누
군가 물과 약을 가지고 와서 내가 약을 먹는 모습까지
확인한다. 내가 좀 늦게 일어나거나 그가 아침 일찍 나
가는 날이면 침대 옆에 물과 약이 놓여 있다. 그는 규칙
을 정한다. 식사는 되도록 건강식으로 챙긴다. 내가 평
생 힘껏 거부해온 행위인 운동도 하게 만든다. 나 혼자
하라고 강요하지 않고 같이 해주어서인지 억지로 시작
했어도 막상 하면 재밌는 것도 같다. 남의 말을 참 안 듣
는 이 고집불통정신병아줌마는 그 앞에서만 그나마 좀
고분고분해진다. 이곳에서 지내면서부터 나는 요양원

의 규칙에 따라 혼자 밤을 지새우지 않는다. 그가 자면 나도 잔다. 최근에는 일기 쓰기 미션이 내려졌고 나름 대로 성실히 임하고 있다. 검사를 받을 때는 좀 창피하고 떨린다. 하지만 보살핌을 받는 기분이 나쁘지만은 않다. 그는 나의 아내다. 그는 생활비도 벌어온다. 그의 말을 안 들을 이유가 없다.

나는 눈물이 없는 편이고(그런 줄 알았다), 특히 나 자신에 관한 일로는 더더욱 울지 않는다. 살면서 여간해서는 울 일이 없다고 생각한다(그렇게 살아왔다). 그렇지만 어떤 친구는 대화하다가도 툭하면 눈물이 그렁그렁 고이고, 어떤 사람은 나와 그렇게까지 가까운 사이가 아님에도 본인이 요새 이러저러한 일 때문에 울었다는 이야기를 하는데…… 그럴 때마다 나는 조금 당황한다. '사람들은 참 잘도 우는구나. 다 큰 어른이 남들 앞에서도 그러는구나. 이상하고 신기하다.' 하지만 문제적인 쪽은 나라는 걸 이제는 알게 되었고, 어딘가 고장난 사람으로서 최선을 다해 수리해가며 살아가고 있다.

지금껏 살면서 흘린 눈물을 다 합쳐도 남들에

비하면 얼마 안 될지 모르겠지만, 확실한 건 그 총량보다 훨씬 많은 눈물을 2023년 한 해에 다 흘렸다는 사실이다. 눈물 없는 사람으로 30년쯤 살았더니 눈에서 물이 저절로 넘쳐흐르는 병에 걸린 듯 툭하면 우는 시기가 찾아온 것 같다. 물론 밖에서나 남들 앞에서 이런 꼴을 보이지는 않는다. 의사 앞에서도 상담사 앞에서도 언제나 어엿하고 유쾌한 인간 됨됨이를 유지한다. 서정 앞에서만 틈만 나면 실패한다.

　　며칠 전 집에서 조규찬 8집 〈Guitology〉(기타학) CD를 틀었다. 여러 번 들은 음반인데 그날따라 가사가 갑작스레 잔인하게 굴었다. 수분이 발목까지 차올랐다. 거기서 잘 통제해야 했는데 방심하고 책을 읽었다. 일종의 잡지였는데, 제목이 하필 『나의 힘은 쓰레기통이다』였다. 이 책을 아는 사람이라면(별로 없을 것 같지만) 벌써 느낌이 올 것이다. 모르더라도 제목에서 심상치 않은 기운을 감지했을 것이다. 펼쳐서 몇 쪽 읽지도 않았는데 위험수위를 넘었다. 아 정신병이 물이 되어 흐르네…….

　　그간 서정 앞에서는 지나치게 자주 울었기 때문

에 그에게 내 캐릭터를 편향되게 각인시키는 이런 행동은 최대한 자제하고 싶다. 그러나 현재 구간의 나는 우울증 그 자체이고 서정은 나를 무장 해제시키는 사람이며 같이 머무는 집 안에서 그를 피하기란 쉽지 않다. 나는 괜히 침대에 엎드렸다가 작업실 의자에 앉았다가 하며 최대한 어두운 곳을 찾아 숨어들었다.

역시 소용없었고 들켰다. 아내는 귀신같이 이상한 낌새를 알아채고 나를 찾아냈다. 최대한 눈을 마주치지 않으려고 뒤통수를 방패 삼아 돌아서서 아무것도 아니라고 말하는 나에게 주문이 내려온다. "나 봐봐."

사랑하느라 살아 있다. 오직 사랑하는 일로 삶을 견디고 감당하고 있다. 항상 조금 슬픈 사람과 항상 조금 졸린 사람°이 서로를 돌보면서 살아가고 있다. 나

최선의 사랑

°   나와 서정은 우리 둘 다 흥미로워하는 김승일 시인의 시집 『항상 조금 추운 극장』(2022, 현대문학)에 수록된 동명의 시에서 제목을 따와 서로를 종종 이렇게 부른다. 서정에게는 기면증이 있다.

는 이 요양원으로 언제나 돌아오고 싶다. 그러려면 나가기도 해야 한다. 나가야지 돌아올 수 있다.

○

새해가 되었는데 기분이 영 별로다. 2023년이 끝나갈수록 엄습한 '나는 망했다'라는 은은한 패배감이 어느새 완벽하게 나를 지배했으므로, 이미 연말부터 오만 것이 다 불만스러웠다. 매일 복용하는 정신과 약이 최고량을 기록한 지 몇 달이 지났는데 요새는 가짜 약이 아닐지 의심스러울 만큼 상태에 기별도 안 가는 느낌이다. 예전에는 매년 11월부터 요란 떨며 마음에 쏙 드는 다이어리와 달력(탁상형, 벽걸이형, 업무용, 인테리어용, 선물용……)을 사두는 게 루틴이라면 루틴이었는데, 그런 일에 쓸 여분의 사치스러운 기력은 당연히 없다. 소소하게 도파민을 뽑아내는 일조차 못 하니까 더 기운이 빠지고, 드디어 이런 나 자신을 누구보다도 싫어하는 결말에 이른다(살면서 몇 번 반복했는지 셀 수 없음)! 익숙한 그곳에 철푸덕 앉아 일어날 생각을 하지 못한다. 신년 계획이나 다짐 같은 것도 기분이 나야 할 수 있는 일이다. 안 그래도 나는 흥 없이는 아무것도 못 하는 사람인데, 완전 흥이다(누구한테 "흥!"을 해야 할지 모르겠다는 점이 더 짜증스러운 포인트다).

어깨는 한껏 바닥으로 내리고 입은 최대한 앞으로 내밀고 있어도 시간은 잘만 가고, 그렇게 이틀이 지나 1월 3일이 되었다. 내가 의욕이 있든 없든 간에 책임과 의무는 다해야 하니까 아침부터 점심까지 정신없이 일했다. 그나마 입에 풀칠은 하게 해주는 업무라 웬만하면 우선순위에서 상위권을 놓치는 법이 없다. 그렇다고 해서 이게 정말 '나의 일'인가? (질문 아님.) 당연히 아니다.

내가 하고 싶은 일들은 입에 풀칠도 안 해준다. 그래서 남의 일을 하느라 나의 일을 못 하기가 쉬운데, 바로 이런 상태가 오래 지속되고 있어 굉장히 뻑적지근하다. 운동을 꾸준히 하는 사람이 일주일 내내 집 안에 갇혀 움직이지 못한다면 몸이 찌뿌둥하고 그동안 근육량이 줄었을까 봐 초조하기도 하며 해야 할 일을 못 한 것 같아서 찝찝하지 않을까? 딱 그런 기분이다. 한 것이라고는 '글 쓸 시간도 없다고 투덜거리기'(그걸 하루도 빠짐없이 성실히 함) 그리고 '작가들이 왜 마감을 지키지 못하는지 너무나도 이해하게 되었다고 말하고 다니기'(마감을 안 지켜도 된다는 얘기는 아닙니다, 저의 작가님들!)뿐이다. 시간만큼 비싼 게 없다. 시간 없어 가난하고 돈이 없어 가난해도 마음이 가난하지만 않으면 살 만한데, 이마저 자신 없다는 건 위험 신호다. 괜히 혼자 따져보았는데 나는 마음, 시간, 돈 순서로 원한다.

　　이른 시간부터 쉴 새 없이 체크리스트에 있는 업무를 하나씩 쳐내느라 혼이 나갔다. 잠깐이라도 눕고 싶었지만 내가 진행하는 에세이 합평 모임이 있는 날이라 컴퓨터 앞을 떠날 수가 없다. 우리는 격주마다 온라인으로 만난다. 나는 일종의 튜터이자 모더레이터이기 때문에 글을 제출하지 않고 사람들이 써온 글에 합평만 한다 으하하(이런 일에나 웃음).

희한한 건 합평 모임의 사람들이 마치 서로 연결되어 있는 것처럼 비슷한 고민이 담긴 글을 동시에 가져올 때가 많다는 점이다. 그 현상이 또 일어났다. 이번에는 무기력하고 허망하고 쓸쓸한 정서를 다룬 글이 많았다. 무기력한 나에게 무기력에 관한 글이 도착한 것이 싫지 않았다. 거기에 딸려오는 자기혐오가 읽히면 반갑기까지 했다. 아이러니하게도 어떤 분은 무기력에 대해 굉장히 '열렬히' 쓰셨다. 무기력해서 무기력에서 벗어나지 못하는 이야기를 이렇게 공들여 쓰다니. 읽어보니 심지어 무기력한 가운데 무기력을 극복하려고 온갖 일을 다 해낸 내용이 담겨 있어 놀라웠다. 그런데 왜인지 그런 문장들 다음에는 자꾸 '아무것도 안 하고 있다'라고 쓰여 있었다.

그분이 못 한 건 단 하나, 일기 쓰기다. 아주 오랜 습관이자 빼먹은 적 없는 일. 어떤 사람에게는 일기를 쓰는 일이 자신의 전부나 매한가지인 것이다. 내가 일하고 놀고 먹고 또 일하고 자고 사랑하고 할 것 다 하면서도 날마다 '오늘도 쓰레기 같아' 하고 생각하는 것 역시 글을 못 썼기 때문이다…… 물론 나는 글쓰기가 (그렇게까지 막 엄청나게) 나의 전부인 사람은 아니고, 마감을 지켜야 하는 일꾼의 처지이기도 하니 완전히 똑같다고 할 수는 없지만, 그분의 기분을 안다. 타인에 대해선 무엇도 단정할 수 없으며, 공감은 때때로 무척 조심해야 하는 행위인데, 이번만큼은 자신 있게 말할 수 있다. 저도 알아요! 저도 그래요!!

글을 통해 사람들을 한 명씩 요모조모 읽어내는 기회가 내게 주어진다는 게, 게다가 이 사람들이 각각 변화하는 길의 모양까지 볼 수 있다는 게 종종 고맙고 과분하다가 뭉클하다. 우리는 나이도, 가족 형태도, 살아온 환경도, 사는 지역도, 직업도, 삶의 방식도, 성격도 다 다르고 매우 제각각이다. 달라서 재밌고, 그러면 저절로 배운다. 나는 뭐 손도 안 대고 코 푸는 격이다. 그런데도 이들이 자꾸만 뇌의 일부를 공유한 것만 같은 글을 가져오게 되는 이유에 대해 생각하다가, 나를 포함하여 이 모임에 있는 사람들에게서 공통점을 발견했다(무서워서 쓰기가 저어된다⋯⋯).

나로 살기 위해 분투하는 여자들. 나 로 살 기 위 해 분 투

　　내가 나로 산다는 말은 마치 "Water is wet"(물이 젖다)처럼 너무 당연해서 이상한 문장처럼 느껴진다. 그런데 더 이상한 사실은 그 일이 실제로 완벽하게 행해지는 건 불가능에 가깝다는 점이다. 기껏 몇몇 사람만이 점차 자기 자신이 되려고 노력한다는 사실만 알려져 있다. 골똘히 머리를 굴려봐도 우선 '나'가 뭔지 모르겠는데, 아무래도 '나 되기'까지 가는 건 무리인 성싶다. 하물며 '나'라는 것에 관심조차 없는 사례도 많다. 이건 잘 알려지지 않은 사실인데, '나로 살아가기'를 지향점으로 삼는 순간 피부가 한 꺼풀 벗겨진다. 가차 없는 쓰라림을 견뎌야 하는 나날이 지속된다. 그러니 애당초 그런 것엔 관심을 두지 않는 편이 좋다.

　　말과 행동이 일치하지 않는 내가 남몰래 허공과 싸우던 와중에, 어떤 사람들을 만나게 되었다. 소문으로나 듣던 '그런' 여자들이 글을 쓰겠다고 모였고 어쩌다 내가 그 자리에 소환당한 것이다. 그들은 원래 서로 모르는 사이였고, 특정한 문제의식을 공유하고자 만난 것도 아니었는데. 하여간 이들(나로 살기 위해 분투하는 여자들)에게 쓰지 못한다는 건 아무것도 못 하는 것과 같다. 쓰는 일만이 유일하게 '스스로' 획득할 수 있는 권력이니까.

무기력에 관한 글을 읽으면 무기력해질 것 같지만 의외로 무기력함이 좀 약화되었다. 무기력한 사람들과 무기력한 글을 읽고 나서 이 글을 썼다는 게 그 증거다. 그냥 이런 얘기나 해도 된다고 내가 나에게 승인했다. 나에게도 그 정도 권력은 있기 때문에.

회사원이 아니어도

말도 안 돼. 책 만드는 일을 어쩌다 10년도 넘게
했는지 모르겠다. 앞으로도 계속할 것 같아서 어이가
없다.

수많은 사람처럼 나 역시 20대 초반까지만 해도
출판편집자라는 직업이 있다는 걸 몰랐다. 출판사도
회사니까 직원이 있으려니 했지만, 출판사에 근무하는
사람들이 구체적으로 무슨 일을 하는지 궁금해한 적이
없었다. 책 읽는 걸 좋아했어도 책을 만드는 일이나 쓰
는 일은 나 같은 사람이 할 수 있는 게 아니라고 굳게 믿
었기에 가볍게 고려해보지조차 않았다. 누군가 뭘 써
보라고 하면 항상 단번에 내쳤다. "참 나, 내가 그런 걸

어떻게 해, 작가도 아닌데. 세상에 잘 쓰는 사람이 얼마나 많은지 몰라?"

20대의 나는 그 누구보다도 대책이 없었는데, 겁조차 없었다. 학과 공부는 고사하고 학사경고 커트라인을 간신히 넘지 않을 만큼만 출석했다(중간고사 시험 날 결석한 적도 있다). 가끔 강의 중 신나게 필기하는 순간도 있긴 했다. 불만스럽거나 거슬리는 얘기가 귀에 들어올 때마다 수업 자료의 여백에 말풍선을 크게 그리고 그 안에 교수가 하는 말에 대한 반박이나 이의를 써넣었다. '저 나이 든 교수는 수십 년간 똑같은 강의만 해온 사람 같다. 이 핸드아웃부터 너무나도 지루하다.' '기표와 기의가 전혀 연관성이 없다고 할 수 있을까? 항상 미끄러지기만 하는가? 완전히 랜덤하기만 한가? 진짜??' '설득되지 않음. 무작정 외우기는 싫음.' 내 노트는 이런 내용들로 채워졌다. 거기에 적은 내용을 입 밖으로 뱉는 일은 없었다. 대개 맨 뒷자리에 존재감 없이 앉아 딴생각하거나 졸음과 사투했다.

별 이유도 없이 1년을 휴학하고('그냥' 놀았다) 막판에는 또 '그냥' 두 학기나 더 다녔다. 어차피 평생 돈 벌면서 살아야 할 텐데 사회에 빨리 나가서 뭣하나 싶었다. 여유가 있어서 그랬다면 좋았겠지만, 돈 벌기 싫다는 이유로 '학자금 대출까지 받아가며' 1년을 노느라 대학교를 초등학교만큼 다닌 이상한 애였을 뿐이다. 대외 활동도 스터디도 하지 않고 스펙이라고 할 만한 건 하나도 안 쌓았다. 어디에 원서를 넣지도 않았다. 취업 준비 자체를 하지 않았다는 뜻이다. 취업이라는 단어는 왠지 낯설고 이질적이어서 나와 관계없는 말 같았다. 그 시기는 이처럼 '무엇을 하지 않았는지'로만 설명할 수 있다.

　　뭘 믿고 그랬을까. 될 대로 돼라, 식의 자포자기가 불러온 이상한 배짱이었을지도. 지금의 나는 그때의 나를 정확히 기억하거나 이해하기 어렵기 때문에 떠올릴 수 있는 힌트를 바탕으로 이야기를 재구성해볼 수밖에 없다. 예닐곱 살부터 열여덟 살까지 당연하게 확신하던 음악이라는 진로를 입시를 앞두고 어른들에 의해 한순간에 포기당하면서, 그렇지 않아도 삐딱한 나는 또래에서 제일가는 비관주의자로 무럭무럭 자라났다. 뭐라도 되겠지, 하며 어떤 면에선 무책임하게 나 자신을 방치했다고도 할 수 있다. 와중에 딱 하나 확신했던 건 세상에 있는 모든 직업 중 내가 결코 회사원은 될 리가 없다는 것이었는데⋯⋯(회사원의 직종과 직군이 매우 다양하다는 점을 고려해도). 어쩌다 예상치 못한 편집자가 되었고 만 9년 동안 회사원으로 살았다.

대한민국에서 출퇴근하는 직장인으로 살면서 자신의 일을 사랑하고 거기에서 삶의 의미를 얻는 사람이 얼마나 될까? 더군다나 나는 일찍이 출판 일을 꿈꾸며 준비하거나 노력했던 사람도 아니었기 때문에, 사회 초년생인 나에게 이 일의 의미는 밥벌이 수단에 가까웠다(밥벌이도 하기 어려운 직업인 줄 모르고 발을 담근 것이 화근⋯⋯). 물론 어릴 적부터 책 읽기를 좋아했고 꼼꼼한 편이기도 해서 적성에 아주 안 맞는 일은 아니었지만, 처음으로 책임 편집을 맡은 책이 출간되고서 선배 격의 동료가 "첫 책을 낸 소감이 어때요?" 하고 눈을 반짝이며 물었을 때, 나는 할 말이 없어서 이렇게 답했다. "그냥 뭐 딱히⋯⋯."

일에 대단한 애정이 없으니 회사생활도 재미가

없었다. 막내 직원이었는데 혼자 정시에 벌떡 일어나 퇴근했고, 사장에게 불려가 "아무리 그래도 그렇지 젊은 친구가 이렇게 열정이 없으면 안 된다"라는 훈계를 듣기도 했다. 그가 "아무리 그래도 그렇지"로 운을 뗀 이유는 애초 내가 자기소개서에 "나는 삶에 대한 기대가 별로 없고 승부욕도 없다. 경쟁 사회 정말 싫다"라고 썼기 때문이다. 분명 솔직하게 밝혔는데 그걸 알고도 날 데려갔다면 그다음은 사장의 책임이라고 생각했으므로 그의 잔소리는 나에게 별 영향을 주지 않았다. 문제는 내가 출판 일을 점점 좋아하게 됐다는 것이었다.

그 회사를 4년 반 정도 다닌 뒤에 또 두 번의 이직을 하고(어리둥절 우당탕 엉엉 씩씩 시기는 생략) 정신을 차려보니 글쎄, 어느새 나는 번아웃에 제대로 직격타를 맞은 열정맨이 되어 있었다. 좋아하는 일을 하다가 오는 번아웃이 얼마나 무서운 것인지, 아는 사람들은 알 것이다.

갑자기 왜 출판이 '좋아하는 일'이 되었냐고? 그전까지만 해도 세상에 그다지 바라는 바가 없는 사람처럼 굴었지만, 실은 비관과 체념이야말로 오히려 희망과 기대를 선명히 품었던 사람이 잘하는 일이다. 그러니까 나는 애시당초 위험한 씨앗을 가지고 있었던 것이다. 대체 그사이에 무슨 일이 있었는지 쓰려면 '고난과 시련'이라는 제목부터 달아야 한다. 없다고 해도 무방한 수준의 보상에도 불구하고 과로하며 스스로를 채찍질하고 착취한 날들.

　　고난과 시련이 무서운 건 단지 힘들어서가 아니라, 위험한 씨앗에 물과 거름이 되어줄 수가 있기 때문이다. 여기저기 부딪치며 고통스럽게 신체적·정신적 한계를 겪는 과정에서, 나는 일의 어떤 부분에 사로잡히고 말았다. 마치 나도 몰랐던 마조히즘적 본능이 깨어난 것처럼 책 만드는 일에 정신없이 빠져버린 것이다.

　　증상 ① 나를 소개할 때 자연히 '편집자로 일한다'가 아니라 '편집자로 살아간다'라고 말함. 솔직히 '자연히'가 아니라 상당히 의도적인 선택인 듯함. 증상 ② 출퇴근이랑 관계없이 깨어 있는 시간 내내 책 만드는 일, 특히 기획에 대해 고민하느라 두뇌가 쉬지를 않음. 사실 쉬는 법도 모름. 증상 ③ 오직 출판편집자만이 나의 정체성처럼 느껴짐. 증상 ④ 다른 출판사나 다른 편집자가 어떻게 일하는지 궁금해하다가 은은하게 시기질투하고 열렬히 염탐함. 증상 ⑤ (번아웃과 공황장애 등으로) 정신과를 다님. 증상 ⑥ 세상에 일 얘기만큼 재밌는 게 없음. 증상 ⑦ 나를 가장 괴롭히는 사람이 나임. 증상 ⑧ 책으로 세상의 변화에 기여하기를 소명처럼 삼음……(민망한 웃음과 안타까운 눈물).

마지막으로 근무했던 출판사에서는 한꺼번에 몰려온 이 증상들을 주렁주렁 달고 살았는데, 감추느라 애를 먹었다. 업무적으로는 어느 정도 나의 주체성을 보장받을 수 있는 환경이었기 때문에 신나게 일했는데 그러다 보니 오히려 내 한계를 간과하고 스스로 제어하지 못해서(특히 위의 증상 중 2번과 7번이 강한 힘을 발휘했다) 정신 건강 문제로 휴직하기까지 했다. 여백, 이완, 균형, 건강 같은 것이 처음으로 나에게 주요하고도 곤란한 과제로 닥치면서, 살아가는 데 꼭 필요하지만 나에게는 낯선 일들을 연습하는 시간을 보냈다.

9년 동안의 회사원 경험을 끝낸 이유는 (어디에 초점을 맞추느냐에 따라 아주 여러 버전으로 말할 수 있지만) 일단 휴식을 취하며 신체와 정신의 건강을 회복할 필요가 상당한 상태에 이르렀기 때문이다. 그렇다고 마냥 쉬고 싶은 것은 아니었다. 나는 내가 '선택'한 사람들과 '안 해본' 방식으로, 그러니까 내가 원하는 대로 마음껏 일해보고 싶었다. 반드시 출판에만 국한하지 않고 다양한 일과 사람을 경험해보고 싶었다. 그리고……

(문득 그만둔 이유를 찾는 게 이상하게 느껴진다. 나 같은 애가 회사원 생활을 9년이나 하다니 그게 더 충격적이고 예상치 못한 일이다. 장하고 대견하다. 믿을 수 없다. 어떻게 된 일이지?)

언제부턴가 출판계에는 패배주의가 스모그처럼 퍼져 있다. 종사자들 사이에 '탈脫출판'이라는 말이 오간다. 실제로 이 업계에는 처우와 노동 조건, 근무 환경이 나쁜 조직이 많다. 거의 모든 회사의 시스템이나 조직 문화는 어디 가서 말하기 창피할 정도로 시대에 뒤처져 있다. 매년 역대급의 불황 기록을 경신하고 있으니 개별 조직을 탓할 수만은 없다. 요즘은 출판사에

다니는 사람뿐 아니라 대표들마저 점점 안 좋아지기만 하는 시장 상황에 난감해하며 시름에 잠겨 있다. 같은 일을 하는 동료끼리 모이면 (서로 알든 모르든, 온라인이든 오프라인이든) 폭로와 한탄이 이야기 대부분을 차지한다. (극히 일부인) 잘 나가는 책이나 유명 편집자를 부러워하거나 그 현상을 이해할 수 없다고 불평하거나 그렇지 못한 자신의 상황에 주눅 들고 압박에 시달린다. 탈출판한 사람에게 축하를 보낸다.

　　아이러니하게도 출판인이 쓴 책들에는 편집자로서 갖는 자부심, 일의 즐거움, 보람과 의미, 기껏해야 실수담 등 지나고 보면 웃긴 에피소드가 귀엽게 다듬어진 모양새로 담겨 있다. 힘든 현실에 관한 이야기도 있지만 그럼에도 희망을 잃지 않는다는 점에서 해피엔딩이라고 할 수 있겠다. 위에 쓴 증상들에 시달렸던 (과거형으로 말해도 될지 모르겠지만) 열정맨으로서 공감하는 대목도 많지만 동시에 짜증이 난다. 정확히 무엇에 짜증이 나는지 모르겠다. 차라리 공감되는 부분이 전혀 없다면 짜증 나지도 않을 것 같은데. 아니 이게 짜증이 맞나? 슬픔인가, 화인가, 억울함인가, 속상함인가.

혹시 사랑인가?

　　"이 바닥 뜬다" "이 일 때려친다"라는 말을 입에 달고 사는 업계 사람들을 볼 때 썩 유쾌하지 않았는데, 회사원을 그만두고 '인디펜던트 워커'로 스스로 정의하며 시간을 보내는 동안 나도 그런 말을 종종 하게 됐다. 구조적인 한계 때문에 회의감이 들기도 했고, 말도 안 되게 비합리적인 과거의 방식과 나쁜 관행이 반복되는 것이 답답했고, 아무리 진심으로 일해도 나 하나 건사하기도 빠듯한 생활에 넌덜머리가 났다. 그래서 생뚱맞게 다른 일을 해보려고 용쓰기도 했고, 이런저런 프로젝트를 만들어 일을 벌이며 계속 새로운 사람들을 만났다. 경력은 없어도 관심 있는 분야에서 채용 공고가 뜨면 며칠 내내 그 생각이 머릿속을 떠나지 않았다. 실제로 출판 일이 아닌 업무로 생계를 유지했다. 모임이나 워크숍의 모더레이터, 문화 행사의 패널이나 진행 같은 일이 더 큰 비중을 차지하게 되었다. 그리고 심지어 그 일들도 꽤 재미있었다.

　　그럼에도 '이제 나를 편집자라고 할 수 있나? 지

금 책을 만들고 있지 않은데?' 같은 생각으로 혼란에 빠지면 곧장 우울해졌다. 간혹 나도 모르게 눈을 빛내며 흥분하다가 정신을 차려보면, 여지없이 책 얘기를 하고 있었다. 특히 '책 만드는 이야기'라면 다른 무엇으로도 얻을 수 없는 도파민이 나오는 것을 부정할 수 없다.

　　회사를 그만둔 후 나는 혼자만의 실험을 시작했다. 회사에 속한 편집자와 다름없이 기획부터 저자 관리, 책임편집까지 총괄하면서도, 내가 회사를 차리지 않고 어딘가에 속하지도 않은 상태로, 여러 조직과 '계약관계'로만 일해보는 것이었다. 이건 사실상 누가 시키지도 않은 일을 다짜고짜 하고 보겠다는 것이다. 단순히 교정 교열 위주로 작업하는 외주 편집은 내 관심 밖의 일이었기에 스스로를 프리랜서라기보다는 '인디펜던트 워커'로 규정했다.

　　개인사 때문에 정신 차리기 힘들었던 2023년을 지나 보낸 뒤, 숨을 고르고 컴퓨터 앞에 앉아 내가 편집자임을 받아들인다. 이 책의 원고 마감일이 얼마 남지 않아 빨리 한 글자라도 더 써야 하는 와중에도, 또 아무도 시키지 않은 외서 기획안을 쓰느라 하루를 꼬박 썼다. 내일은 이 기획안을 출판사에 보낼 것이다. '또 마이너한 주제인데 내부에서 통과가 될까? 판권을 사올 수 있을까? 아니, 이 책이 과연 우리나라에 출간될 수나 있을까?' 언제 올지 모를 회신을 기다리는 시간은 무척 초조하니까 그때는 작가로 자아를 바꿔 글을 써야지. (저와 일하고 싶은 곳은 연락 주세요.) (정신 못 차린 듯.)

편집의 수단

우리는 자주 웃는다

한여름, 주차 공간도 엘리베이터도 없으며 사다리차 사용이 불가능한 구조의 오래된 빌라. 역대급으로 힘든 이사였는데 어찌저찌 해내고 나니 고통이 잘 기억나지 않는다. 이 짓을 다신 못 한다는 소리를 며칠간 달고 살았지만, 해야 한다면 또 할 수 있다는 걸 안다. 이사 및 신접 살림 장만에 전 재산을 탕진했다고 말하니 친구들이 "탕진할 재산이랄 게 아직 있었어?" 하며 놀랐다. 나 역시 그 사실이 놀랍다.

벼랑 끝에 지은 오두막에서 나와 서정은 자주 소리 내어 웃는다. "전방 10미터 막다른 골목"이라고 쓰인 길로 끝까지 가야지만 옆으로 새는 자그마한 골목이 연결되어 있음을 알 수 있다. 그 끝까지 가야 우리 집이 보인다. 집 안에서 매일 산모기에 뜯겨 온몸을 긁어대면서도 우리는 웃고 먹고 잘 잔다. 내가 가진 전부를 써버려도(써버림) 아깝지 않은 사람과의 생활.

생각보다 별생각 없이 그저 하루하루를 살아가고 있다. 과거를 떠올리며 슬퍼하거나 미래를 걱정하는 시간이 줄었다. 어떤 사람들이 신을 믿듯이 나도 어쩌면 무언가를 믿는 것 같다. 나의 무대책이 진짜 무대책은 아닐 것이라는 대책 없는 믿음. 내가 나대로 살면 살아질 것이라는 믿음. 순진하고 팔자 좋은 이 마음의 소리를 은근히 믿는다. 한이는 내가 50대인지 60대인지에 부자로 성공한다는 사주 내용을 믿고 있다. 그 소식을(한이는 '그 사실'이라고 했던 것 같다) 서정도 아느냐면서 진지하게 내게 물은 적이 있다. 이렇게 중요한 사항을 파트너에게 꼭 알리라고까지 했다. 정작 나는 내가 언제 돈을 잘 번다고 했는지 기억조차 못 한다.

내일은 합정에 상담하러 갔다가 일산에서 하는 북클럽에 갔다가 관악구 스위트홈으로 돌아오는, 망한 동선의 일정을 소화해야 한다(북클럽 책을 완독하지 못해서 틈나는 대로 읽어야 한다. 꼭 완독하지 않아도

되지만, 내가 모임장이다). 오전에 강력 비타민인 오쏘
뮬을 먹어야겠다. 그러면 아침밥부터 먹어야 한다. 나
는 빈속에 영양제를 먹으면 식도가 갈기갈기 찢어지는
사람이므로. 그러니 이제 '아침 일찍 일어나기'와 '일어
나서 무언가를 먹기'라는 두 개의 미션이 생겼다. 상상
만으로도 충분히 피곤하다. 책을 읽다가 자려고 했는
데 두어 쪽을 읽으니 갑자기 일기가 쓰고 싶어졌다. 일
기를 쓰게 만들었다면 이미 충분히 좋은 책이다(비비
언 고닉의 『아무도 지켜보지 않지만 모두가 공연을 한
다』이다).

　　새집에서 옷 정리를 끝내고 나니 진영의 옷가지
가 조금 나왔다. 내가 이사 나오면서 진영과 함께 살던
집의 거실 커튼을 떼어 가져오는 바람에 그 자리가 너
무 휑하다기에, 진영과 함께 인테리어 소품 가게를 방
문해 그 집에 새로 달 커튼을 골라주었다. 설치가 완료
되면 구경할 겸 한번 놀러가서 내 짐에 섞여든 진영의
물건들을 전해줘야겠다. 여전히 그 집 세탁기로 빨래
를 하는 여동생이, 물건이 줄어드니 집이 더 좋아졌다
며 "언니, 그 집에 여자만 들이면 되겠어"라고 했다.

한때는 아무도 내 걱정을 하지 않는 것이 억울했는데 이제는 사람들을 너무 걱정시키지 않는 사람으로 잘 살고 싶다. 이전과는 또 다른 씩씩함으로.

최선의 사랑

내가 있는 자리

이대로는 창피해서 못 죽는다. 그러니까, 내가
죽지 못하는 중요한 이유 중 하나는 '무언가를 해야 한
다(그런데 못 했다)'라는 부채감이다. 아직까지 죽을 자
격이 없는 것 같달까. 이대로 죽는 건 비겁하고 쪽팔린
다. 인간이라는 존재는 태어나는 순간부터 죽을 때까
지 해악 그 자체라고 생각하는 나로서는 내 의지로 세
상에 태어난 게 아니라는 점이 통탄스럽다(이 억울함
누가 좀 알아줬으면……).

어차피 태어난 이상 탓하고 원망만 하는 건 에
너지 낭비니까 이만 멈추고, 작은 무엇이라도 (누군가
에게? 사회에? 지구에?) 기여해야 할 것만 같다. 이렇게
말하고 쓰는 일이야말로 얼굴이 무지 화끈거리는데 이

또한 견뎌야 할 것 같다. 영성이라곤 눈썹 한 가닥만큼도 없는 인간이지만 이 정도의 원죄 의식은 있다. 윤동주 선생께서 "죽는 날까지 하늘을 우러러 한 점 부끄럼이 없기를"이라는 문장을 남기셨지만 나는 계속 부끄럽다. 내가 부끄러운 것을 모를까 봐, 부끄러워하기를 멈출까 봐 미리 부끄럽다.

나는 내가 '훌륭한 사람'이 되지 못한 것이 좀 면구스럽다. 사회적인 성공이나 굉장한 자아 실현, 부의 축적 같은 걸 이루지 못한 점을 말하는 게 아니다. 그런 건 오히려 해내지 못해도 괜찮은 것들의 목록에 가깝다. 내가 그저 입만 산, 지구에 해로운, 영향력 없는, 거짓된, 타협하는 소시민에 불과하다는 게 늘 마음에 걸린다. 이럴 때마다 나는 나를 타박하기 때문에 더 쭈그러든다. '야 너 뭐 돼? 자의식 과잉 그만.'

회사를 그만두고(고정 수입이 사라짐) 이혼까지 하면서(기존 가구의 자산이 줄고, 새 가구를 꾸리는 과정에서 크게 지출함) 이전에 느끼지 못한 방식으로 비참했다. 살기 위해 나는 우선 고정 지출 중에 줄일

만한 것을 추려 정리했다. 거기에는 구독해놓고 이용하지 않는 서비스도 있었지만 몇 군데의 기부처에 자동 이체하던 정기 후원금이 포함되어 있었다. 끝내 없앨 수 없던 딱 한 가지만 남기고, 나머지는 정기 후원을 해지하거나 자동 이체 목록에서 삭제했다. 마음속으로 말했다. '꼭 다시 올게요.' 믿을 수 없는 소리다.

조직 없이 일하는 사람에게 특히 더 중요한 자원은 시간이다. 시간과 돈을 모두 아끼기 위해 나는 대부분의 소비를 쿠팡에 의존했다. 그 기업의 비인간적인 노동 환경 때문에 노동자들이 건강을, 존엄을, 목숨을 잃고 있었고, 이에 사회적으로 문제를 제기하는 뉴스가 제법 보도되었다. 기업을 비판하는 기사를 올리며 앞으로 불매하겠다는 의견을 덧붙이는 SNS 게시물들에 '좋아요'를 눌렀다. 동시에 나는 나날이 가난해지고 있었다. 착취에 일조하고 있음을 알면서도 자제하지 않았다. 싸고 빠르고 편리한 것이 이기는 메커니즘을 매우 선명하게 내재화했다.

주거지의 역사 또한 상징적인 지점을 찍으며 전형적인 하강을 그렸다. 합정에서 영등포로, 그다음 신림으로 이동하면서 내가 계단을 하나씩, 아니 층 단위로 꽉꽉 내려가고 있음을 체감했는데(그에 반비례하여 사는 동네의 지대는 높아졌다) 그걸 자각할 때면 좀 처참했다. 처음 만나는 종류의 비참함이라 당황스러웠고 왜인지 내가 이런 기분을 느꼈다는 사실이 부끄러웠다. 괜한 죄책감마저 들었다. 그러나 아무것도 모르는 게 더 부끄러운 일인 것 같기도 했다. 부끄러운 걸 알기라도 한다면 좀 덜 부끄러울까? 이 모든 경험과 감각을 기억하는 것이 혹시 내 임무일까? 그것으로 무엇을 할까? 내가 가진 건 무엇이든 자원 삼아야 할 판이다.

언젠가부터 내가 지금 어디에 있는지, 발 딛고 있는 위치를 간헐적으로 확인한다. 이만하면 높이는 어느 정도 파악한 것 같다. 그러면 이제 어느 구역에 있는지를 둘러보자. 직장인도 전문직도 아니네. 예술가도 학자도 아니네. 사업가도 기술자도 아니네. 흠, 여전히 '아닌' 것으로 나를 설명하는 게 훨씬 쉽다.

2022년 SNS에 나를 이렇게 소개한 적이 있다. "활동가도 연구자도 창작자도 아닌 애매함을 단단히

붙들고서, 꼭꼭 씹어 읽고 배우고 기록하고 말하며 연결을 만들어내려는 사람. 웬만하면 안 해본 방식으로.” 그로부터 1년 뒤에는 이렇게 덧붙였다. “또한 질문하는 사람, 질문을 계속 가져오는 사람, 읽어주는 사람, 읽어내는 사람이고자 한다(왜냐하면 이것은 사람을 살리기 때문이다).”

'전부 다 아님, 아무것도 아님, 무척 애매함'을 강점으로 살리려면 침입자, 첩자, 전달자, 기회주의자, 정치가, 전략가가 되어야 한다. 또한 주선자, 호스트, 먼저 매 맞는 학생, 사고 현장의 목격자, 진술을 받아 적는 사람, 사각지대의 감시 카메라가 되는 수밖에 없다. 마침 책 만드는 일은 그런 역할을 하기에 나쁘지 않은 것 같다. 그럼 나는 다시 여기서 내가 할 수 있는 일을 계속 찾아보는 수밖에 없다. 사부작사부작.

일단 작은 목소리를 읽기 좋게 받아 적은 다음, 많이 복사해서 세상에 뿌리자(누가 읽어준다는 보장이 없어도). 작은 목소리는 셀 수 없이 많기 때문에 할 일이 동날 걱정은 안 해도 되겠다. 어쩐지 “네가 일복(은) 있다”라는 말을 여럿에게 자주 들었다.

아마 가장 장기간, 지금까지 SNS 프로필에 써둔 문구는 이것이다. "길 아니면 만들든지 길 아닌 곳으로 가." 아마도 이게 내 부끄러움을 다루는 방식인 것 같다. 충돌하는 곳, 잘못 설계된 교차로, 이름 없는 둔덕으로 가봐야겠다. 겨우 그것밖에 할 수 없다.

최선의 사랑

ⓒ 정예인

초판 인쇄　2024년 7월　8일
초판 발행　2024년 7월 15일

지은이　정예인
펴낸이　강성민
편집장　이은혜
책임편집　함윤이
마케팅　정민호 박치우 한민아 이민경 박진희 정유선 황승현
브랜딩　함유지 함근아 고보미 박민재 김희숙 박다솔 조다현 정승민 배진성
제작　강신은 김동욱 이순호

펴낸곳　(주)글항아리　출판등록　2009년 1월 19일 제406-2009-000002호

주소　10881 경기도 파주시 심학산로 10 3층
전자우편　bookpot@hanmail.net
전화번호　031) 955-2689(마케팅)　031) 941-5160(편집부)
팩스　031) 941-5163

ISBN　979-11-6909-256-2 03800

잘못된 책은 구입하신 서점에서 교환해드립니다.
기타 교환 문의 031) 955-2661, 3580

www.geulhangari.com